SUSANNE HÜHN

DIE KLEINE WILDE FRAU

FÜR DIE FRAUEN IN MEINEM LEBEN

Schirner Verlag

ISBN 978-3-8434-0366-5

Susanne Hühn:
Die kleine wilde Frau

Umschlag: Murat Karaçay, Schirner
Redaktion & Satz: Heike Wietelmann, Schirner
Printed by: OURDASdruckt!, Celle, Germany

www.schirner.com

6. Auflage 2012

Inhalt

Vorwort ... 7

Einführung ... 11

Das Land der kleinen wilden Frau ... 21

Von verzauberten Prinzen und echten Königen ... 27

Die Fühlen-Wollen-Tun-Methode ... 37

Meditation: Das innere Kind zu dir zurückholen ... 59

Der Erdtopf der kleinen wilden Frau ... 62

Aschenputtel und das beschämte Selbst ... 67

Meditation: Die Konferenz der kleinen wilden Frauen ... 68

Die Frequenz der Liebe ... 85

Meditation: Die Heilung des Mentalkörpers ... 107

Meditation: Die Kraft des Glaubens ... 111

Über die Astralebene ... 117

Die kleine Meerjungfrau ... 121

Meditation: Die kleine Meerjungfrau ... 130

Meditation: Die Erlösung des Emotionalkörpers ... 140

Das Land deiner Sehnsucht ... 145

Meditation: Die Rettung unserer Herzenswünsche ... 159

Spieglein, Spieglein an der Wand 165
Meditation: Der Spiegelsaal 181

Der Irrgarten des Lebens 185

Vorwort

Meine Lieben,

kennt ihr eigentlich die *kleine wilde Frau*?

Die *kleine wilde Frau* ist diese leise innere Stimme, die sich, falls wir es zulassen würden, wehren könnte, wenn uns etwas gegen den Strich geht; die »Nein« denkt, bevor wir lächelnd »Ja« sagen, die verstohlen an den Gitterstäben feilt und sich nach einem Ausweg aus dem Gefängnis umsieht, in das wir uns so bereitwillig immer wieder selbst einsperren. Die *kleine wilde Frau* ist jener Teil in uns, der ausschließlich unser seelisches Heil im Sinn hat und der genau weiß, was wir – besonders als Frau – brauchen, um erfüllt und glücklich zu sein. Zum Glück gibt es sie, diese *kleine wilde Frau*, ja, auch in dir!

Und so begegnete sie mir …

Liebe Susanne,
auf der letzten Frankfurter Messe ging ich an einem Stand mit seltsamen Figuren vorbei. Ich hielt kurz inne, betrachtete sie, überlegte und wollte gerade weiterlaufen, da drückte mir eine Angestellte (vielleicht sogar die Künstlerin selbst) eine Postkarte in die Hand und sagte:
»Für Sie, falls Sie wieder einmal nicht auf Ihr Bauchgefühl hören!«
Ich war amüsiert und die Postkarte begleitet mich bis heute.
Die kleine wilde Frau gefällt mir so gut, dass ich an ein Buch dachte, das sich mit der Frage »Willst du das?« beschäftigen könnte.
Was hältst du von dieser Idee?
Liebe Grüße
Heidi

Diese E-Mail meiner Verlegerin erreichte mich irgendwann in Januar 2007. Ich schaute auf die Internetseite der Künstlerin Manja Wöhrs und war begeistert von der Kraft, der inneren Ruhe und dem Schalk, den ihre *kleine wilde Frau* ausstrahlte.

Wir machten einen Termin aus, trafen uns – zusammen mit ihrem Freund, der wie sie Künstler ist und das Projekt maßgeblich mitgetragen und unterstützt hat – und sprachen über ein gemeinsames Buch. Sie schenkte mir eine kleine Latex-Figur der *kleinen wilden Frau* in Grasgrün, die ich während des ganzen Gespräches in der Hand hielt und ich spürte, wie sie auf der Stelle mit mir zu kommunizieren begann. Sie hat eine ganz eigene innere Kraft, diese kleine Figur, und ich habe mich sofort in sie verliebt. Sie besitzt eine Energie, die ich so noch nicht kannte: Sehr weiblich, ein bisschen frech, aber auch ganz selbstverständlich und in sich ruhend. Sie kämpft nicht, sie bleibt einfach bei sich und damit in ihrer Klarheit. Besonders bemerkenswert fand ich, dass die *kleine wilde Frau* zwar voll und ganz Manjas Idee und Projekt ist, aber zu hundert Prozent von ihrem Partner mitgetragen wurde. Diese Energie einer wirklich tragenden und unterstützenden Liebe und Partnerschaft schenkt der *kleinen wilden Frau* jene ganz besondere Ausstrahlung, diese selbstverständliche Erlaubnis, bei sich zu bleiben und dennoch – oder gerade deshalb – geliebt zu werden. Der Kampf darf aufhören: Wir brauchen uns nicht mehr angestrengt abzugrenzen, sondern werden einfach angenommen, wie wir sind.

Die *kleine wilde Frau* ist speziell für Frauen gemacht, Manja sagt das ausdrücklich. Für Frauen, aber niemals gegen Männer, im Gegenteil.

Jetzt darf endlich das geschehen, was wir so lange ersehnt und wofür wir so lange gebetet haben: Wir sind nicht mehr in Konkurrenz miteinander, wir müssen nicht mehr die besseren

Frauen (und sie die besseren Männer) sein. Vielmehr werden wir durch die tragende Kraft eines Mannes in unserem Frausein gestärkt, wie wir Männer in ihrem Mannsein stärken, wenn wir ihre besondere Kraft nicht bekämpfen, sondern voller Achtung anerkennen. (Und ist es nicht das, was wir uns sowieso wünschen: Voneinander fasziniert und begeistert zu sein, anstatt uns unsere Unterschiede um die Ohren zu hauen?)

Das ist die Energie, die mir die *kleine wilde Frau* vermittelt. Mit diesem Buch möchte ich euch zeigen, wir ihr sie in euer Leben integrieren könnt; wie ihr euch allein durch die Frage »Will ich das?« in einen wundervollen Zustand der Klarheit und der inneren Ruhe führen lassen könnt – ein Zustand, der euch wieder handlungsfähig werden lässt.

Ich sehe Manjas *kleine wilde Frau* natürlich mit anderen Augen als sie selbst, und so kann ich nur schreiben, wie ich sie verstehe und welche Themen sie meiner Ansicht nach berührt. Die Frage »Willst du das?« setzt ungeahnte Kräfte frei, wenn wir sie zulassen. Sie ruft unsere inneren Heilungs- und Ordnungskräfte zu Hilfe und erweckt uns aus unserem Dornröschenschlaf.

Einführung

»Man kann gar nicht oft genug im Leben
das Gefühl des Anfangs in sich aufwecken,
es ist so wenig äußere Veränderung dafür nötig,
denn wir verändern ja die Welt von unserem Herzen aus,
will dieses nur neu und unermesslich sein,
so ist sie sofort wie am Tage ihrer Schöpfung und unendlich.«

Rainer Maria Rilke, (1875 – 1926)

Liebe Leserin,
wie oft stellst du dir eigentlich folgende Frage: »Will ich das?« Nicht: Darf ich das, muss ich das, bin ich gut genug dafür, erlaube ich mir das, sollte ich das, sondern: »Will ich das?«

Es gibt eine innere Instanz, die nur darauf wartet, uns in der Entscheidung zu unterstützen, ob uns etwas dient oder nicht, ob wir also etwas wirklich wollen oder nicht. Nenne sie deine innere Stimme, deine Intuition oder dein Bauchgefühl – und stelle sie dir vor wie eine *kleine wilde Frau* in dir, frei von Co-Abhängigkeiten und Schuldgefühlen, die ganz und gar sich selbst und ihrem eigenen Weg verpflichtet ist.

Sie weiß, was sie will. Sie steht in unmittelbarem Kontakt zu deinem inneren Wissen und deiner höheren Stimme, zu deinem Seelenplan und zu deinem ureigenen inneren Auftrag. Sie hat keine Angst davor, andere zu verletzen – was nicht heißt, dass sie es tun will. Sie erlaubt nur nicht, sich selbst verletzen zu lassen. Sie kennt ihre Grenzen und weiß sie zu setzen, charmant und liebenswürdig oder klar und deutlich, je nachdem, wie es angemessen und nötig ist.

Sie kann fließende Grenzen ziehen, »Ja« und »Nein« sagen und weil sie das kann, ist ihr »Ja« genauso authentisch, ehrlich und verpflichtend wie ihr »Nein«. Sie ist weder radikal noch egoistisch, wie du es vielleicht befürchten könntest. Sie ist nur nicht ganz so nett und gefällig, sondern sich selbst verpflichtet.

Sie weiß, wie groß und heilig die Aufgabe ist, den eigenen Weg zu gehen und dass es weder dem Leben noch der Schöpfung, weder Mutter Natur noch deinem eigenen Seelenfrieden dient, wenn du es allen recht machen willst.

Sie nimmt ihre Verpflichtung dem Leben, der Liebe und der inneren Wahrheit gegenüber ernst und erlaubt nicht, dass du dich in Nettigkeiten, Gefälligkeiten und Co-Abhängigkeiten verzettelst.

Sie ist die ultimative Hilfe gegen dein Rettersyndrom, deine Art, zu sehr zu lieben und andere damit zu bevormunden oder zu ersticken, aber auch gegen die Art, mit der du dich vielleicht selbst vernachlässigst, dein inneres Kind im Regen stehen lässt und deine eigenen Bedürfnisse noch unter die des verstopften Abflussrohres in deiner Küche stellst. Sie ist wild, das heißt, sie unterliegt nicht den gesellschaftlichen und moralischen Normen, die uns wie in einem Korsett gefangen halten. Sie dient ausschließlich den Gesetzen des Lebens, der Natur und der Liebe. Sie hat die Freiheit, voll und ganz ihrem Herzen zu folgen und im Einklang mit sich selbst Entscheidungen zu treffen, was nicht heißt, dass sie immer den leichten Weg geht. Das tut sie nie. Sie geht den Weg des Wachstums und der Liebe. Sie besitzt die Kraft, auch unbequeme Entscheidungen zu treffen, wenn sie der Lebendigkeit und der Liebe dienen. Dieser Weg kann leicht sein, aber wenn er steinig wird, kneift sie nicht, sondern spürt, ob er letztlich ihrem Ziel dient oder nicht. »Will ich das?« heißt nicht immer »Habe ich da gerade Lust drauf?«, sondern »Entspringt es meiner tiefen Überzeugung und meiner inneren Wahrheit?« Die *kleine wilde Frau* schlummert in uns allen. Sie kommt vielleicht in sehr unterschiedlichen Formen daher, verbindet uns aber alle auf der gleichen Ebene, nämlich der Ebene der Selbstbestimmung.

Warum brauchen wir die *kleine wilde Frau* überhaupt so dringend? Was hält uns davon ab, uns immer wieder ganz selbstverständlich zu fragen, ob wir das, was geschieht oder wozu wir »Ja« (oder zumindest nicht »Nein«) sagen, überhaupt wollen? Wie konnte es passieren, dass wir uns so weit von dieser vollkommen natürlichen Frage entfernt haben? Kinder stellen sich diese Frage bis zu einem gewissen Alter ganz automatisch. Sie schreien, wenn sie etwas wollen oder nicht wollen, und die ganze Welt erfährt es. Wieso haben wir verlernt, unser »Ja« und unser »Nein« zu zeigen? Vielleicht spüren wir unser »Nein« nicht einmal mehr, weil wir so oft »Ja« sagen und gute Miene zum bösen Spiel machen. Oder wir erlauben uns eventuell deshalb nicht mehr, diese Frage zu stellen, weil wir viel zu oft unbequem antworten müssten:

»Will ich das? Nein!!«

Aber, höre ich dich sagen, aber wir alle *müssen* doch andauernd Dinge tun, die wir nicht wollen. Wie soll denn unsere Gesellschaft, meine Ehe oder meine berufliche Tätigkeit überhaupt funktionieren, wenn wir uns andauernd fragen, ob wir das wollen? *Will* ich morgens um halb sieben aufstehen, mich hastig zurechtmachen, die Kinder versorgen, in die Schule schicken und dann durch den Berufsverkehr ins Büro fahren? Nein, natürlich nicht. *Will* ich Diät halten, mich zurechtzupfen, Sport treiben, immer wieder zurückstecken und meine Träume vom Märchenprinzen begraben, um überhaupt einen Mann abzukriegen? Nein, natürlich nicht. *Will* ich putzen gehen, um meine kleine Wohnung zu halten, um die Kinder versorgen zu können, um wenigstens irgendetwas zu tun, was mir das Gefühl gibt, ein vollwertiges Mitglied in dieser arbeitssüchtigen Gesellschaft zu sein? Um Himmels willen, natürlich nicht!

Geht es mir besser, wenn ich mir diese Fragen stelle und sie mit »Nein« beantworten muss? Nein. Im Gegenteil: Ich spüre meine Ohnmacht, meine Enttäuschung und meine grundsätzliche Machtlosigkeit dem Leben gegenüber, wenn ich sie zulasse. *Will* ich, dass mein Mann krank ist, dass ich meine alte Mutter pflegen muss? (Du verstehst das nicht falsch, bitte. Natürlich willst du für deine Mutter sorgen, aber du kannst nicht ertragen, dass sie überhaupt krank oder einfach nur bedürftig ist. Dein inneres Kind bekommt mit großer Wahrscheinlichkeit Panik, wenn du nun für sie da sein musst, anstatt von ihr versorgt zu werden. Hier brauchst du die *kleine wilde Frau*, denn sie hat die Kraft, für beide zu sorgen: für deine Mutter und für dein inneres Kind, außerdem ist sie offen für jede funktionierende Lösung.) *Will* ich, dass mein Kind Drogen nimmt und ich ständig zu wenig Geld habe? *Will* ich das, viel zu viel zu essen, zu arbeiten, zu rauchen, mich depressiv und unzulänglich zu fühlen? *Will* ich wirklich Single sein, will ich tatsächlich mit diesem Partner leben ...? Nein! ...

Auch andersherum führt uns die Frage »Will ich das?« nur in Schwierigkeiten. *Will* ich das, heute Abend auszugehen und mich einmal nicht um meine Familie zu kümmern? *Will* ich das, aufzuhören zu arbeiten und mich den Dingen widmen, die mir wesentlich erscheinen, wie Schreiben, Malen, Tanzen, einen Bioladen

aufmachen, Tiere in Not retten? *Will* ich das, mit dem schönen Mann dort drüben einen Kaffee trinken gehen und dann mal weitersehen, obwohl ich weiß, dass sich mein Gemahl nicht so sehr darüber freut? *Will* ich das, dieses viel zu teure, wundervolle Kleid kaufen, das mein Konto restlos ruiniert, mir aber dieses Königinnengefühl zurückgibt, das mir die Kittelschürze genommen hat? Ja ... Ehrlich gesagt, JA ...
Aber WIE?

Also, was machen wir?

Wir haben diese *kleine wilde Frau* in uns, diese unglaublich tiefe und lebendige Kraftquelle, die nur darauf wartet, genutzt zu werden. Und wir haben unser äußeres Leben, das mehr oder weniger in einer Sackgasse steckt, zumindest in den Bereichen, aus denen wir die *kleine wilde Frau* verbannt haben.

Was wäre, wenn wir ihr erlaubten, ganz sanft, ganz vorsichtig, in kleinen Schritten, das Kommando zu übernehmen? Das können wir natürlich nur zulassen, wenn wir lernen, ihr zu vertrauen, wenn wir sie als gute Kraft anerkennen, wenn wir wissen: Sie ist auf unserer Seite und sie weiß tatsächlich, was wir brauchen, um erfüllt zu sein.

Die Anonymen Alkoholiker beten nach jedem Treffen folgendes Gebet:

»Gott gebe mir die Gelassenheit,
die Dinge hinzunehmen,
die ich nicht ändern kann,
den Mut, die Dinge zu ändern,
die ich ändern kann
und die Weisheit,
das eine vom anderen zu unterscheiden.«

Wenn wir der *kleinen wilden Frau* nur einmal probehalber jene Dinge anvertrauen, in denen wir den Mut finden müssen, etwas zu ändern, dann sind wir doch schon ein ganzes Stück weiter auf dem Weg der Selbstbestimmung, oder? Du *kannst* nicht verhindern, dass dein Mann krank wird, dass du deinen Job verlierst, dass du deine alte Mutter pflegen musst. Du kannst das, was das Leben dir zumutet, nicht kontrollieren. Aber du kannst sicherlich in sehr vielen Bereichen deines Lebens die Entscheidung treffen, anders zu reagieren, anders mit der Situation umzugehen, oder?

Bestimmt gibt es auch für dich Möglichkeiten, »Nein« zu sagen – oder eben »Ja«! Denn auch das »Ja« nutzen wir oft nicht: es fällt uns schwer zu glauben, dass wir etwas Gutes verdient haben; entweder ist es zu teuer oder wir fürchten, wir würden augenblicklich abhängig von einer Sache oder Person, wenn wir »Ja« sagen. Manchmal ist der Preis für das »Ja« zu hoch, das stimmt; aber dann würde die *kleine wilde Frau* dir das mitteilen, denn dann ist es letztlich ein »Nein«.

Ich merke schon, das ist dir alles viel zu abstrakt. Wie wäre es also mit einem Beispiel?

Montagmorgen, du stehst auf, hast deinen Tag ziemlich straff durchgeplant. Es geht dir gut. Du weißt, alles, was du dir heute vorgenommen hast, schaffst du auch, wenn nichts dazwischenkommt. Du kochst Kaffee, trinkst ihn in aller Ruhe, denn auch diese Zeit hast du dir eingeplant (herzlichen Glückwunsch!), überprüfst deine Termine ... alles im grünen Bereich, aber jetzt musst du los.

Da klingelt das Telefon. Du willst nicht drangehen, weil du eigentlich genau jetzt das Haus verlassen müsstest, um alles zu schaffen. Du bekommst jetzt schon Stress, weil dich der Verlust dieser Minuten unter Zeitdruck setzt; und es ist noch nicht einmal neun Uhr. Du schaust auf die Nummer – oh nein! Es ist deine beste Freundin. Sie ist gerade in einer schwierigen Trennung und braucht dich dringend. Wenn du jetzt drangehst, schaffst du deinen ersten Termin nicht. Gehst du nicht dran, hast du ein schlechtes Gewissen. Natürlich gehst du dran und hoffst, sie rasch abwimmeln zu können. Dabei überlegst du, wie du es doch noch zu deinem Termin schaffen könntest und erklärst dir selbst, dass es nichts ausmacht, wenn du zehn Minuten zu spät kommst; du bist ja sonst immer pünktlich ... Du bist sauer auf deine Freundin, weil sie solche Probleme hat, ärgerst dich über dein Leben, weil es so straff durchorganisiert ist und hast mal wieder das Gefühl, für dich selbst nie Zeit zu haben – während du ihr zuhörst und tröstliche Worte produzierst.

Was für eine anstrengende Vorstellung, oder? Aber leider vollkommen normal ...

An welcher Stelle hätte die *kleine wilde Frau* eingreifen dürfen, wann hättest du die Frage »Will ich das?« stellen müssen? Natürlich an der Stelle, an der das Leben deine Pläne durchkreuzen wollte, an der Stelle, an der das Telefon klingelte. Die Frage kam mit Sicherheit in dir auf; aber du hast keine Antwort erlaubt, sondern automatisch reagiert, oder? Wahrscheinlich fühltest sogar eine Antwort, aber du hast (verständlicherweise) nicht entsprechend gehandelt ...

Wie lautet *deine* Wahrheit?

Da gibt es verschiedene Antworten, je nachdem, wie deine Lebensumstände und deine inneren Möglichkeiten sind. Denn beides ist sehr wichtig: Deine Termine und die emotionale Unterstützung, die du deiner Freundin gibst.

Zunächst unterscheiden wir, ob deine Freundin jeden Tag anruft und du das Gefühl hast, sie benutzt dich als Mülleimer, ohne ihr Leben selbst in die Hand nehmen zu wollen, oder ob es ein echter, dringender und außergewöhnlicher Notfall ist. Wie unterscheiden wir das? Nun, die *kleine wilde Frau* weiß es. Wenn in dir dieses »Nicht schon wieder« auftaucht, dann kannst du davon ausgehen, dass der Anlass hierfür dir gerade jede Menge Energie raubt. Dann fragst du dich »Will ich das?« und spürst ein klares »Nein«, selbst wenn du Schuldgefühle bekommst. Du nimmst deine Handtasche und verlässt das Haus, rufst deine Freundin vielleicht kurz vom Handy aus an, um ihr zu sagen, wann du für sie Zeit haben wirst. Oder, das ist noch besser und wirkt sofort: Du schickst ihr in Gedanken Licht und Segen. Dann kümmerst du dich um deine Angelegenheiten und vertraust darauf, dass sie im Augenblick von anderer Stelle Unterstützung bekommt.

Hilfreich ist auch, wenn du an so etwas glaubst, ihren Schutzengel um ganz besonders viel Kraft und Einsicht für sie zu bitten, sie zu segnen oder ein kurzes Gebet für sie zu sprechen. (Es ist erwiesen, dass Kranke, für die gebetet wird, rascher genesen als solche, für die nicht gebetet wird; auch dann, wenn die Kranken das gar nicht wissen oder nicht an Gott glauben.)

Wenn du aber alarmiert bist und deine Termine automatisch in den Hintergrund deiner Aufmerksamkeit rücken, dann ist dieser Freundschaftsdienst notwendig und unaufschiebbar. Dann beantwortet die *kleine wilde Frau* in dir die Frage »Will ich das?« mit »Aber selbstverständlich!« Selbst wenn du nun zu spät kommst, setzt du dich nicht selbst unter Druck, denn du hast klare Prioritäten gesetzt und übernimmst die volle Verantwortung für deine Entscheidung, zuerst mit deiner Freundin zu reden.

Die Frage »Will ich das?« erlaubt dir, die Verantwortung für deine Entscheidungen zu tragen und zu übernehmen, und damit hört das vage Opfergefühl in dir auf.

Lasse es uns nun gemeinsam einige Lebensbereiche anschauen, lasse uns erkennen, welche inneren Stimmen dich daran hindern könnten, der *kleinen wilden Frau* zu folgen, und lasse uns überlegen, wie wir mit diesen ängstlichen, vielleicht aber auch verletzten und erstarrten inneren Anteilen anders umgehen können.
Wenn wir uns unserem eigenen Willen zuwenden, müssen wir uns natürlich auch mit folgenden Fragen herumschlagen:

Spielt es wirklich eine Rolle, ob ich etwas will oder nicht? Beten wir nicht schon lange, es möge Gottes Wille geschehen? Bewerte ich nicht die Ereignisse, indem ich sie hinterfrage? Verwirre ich mich nicht, wenn ich immer wieder frage, ob ich etwas will oder nicht, werde ich nicht handlungsunfähig? Und was ist, wenn ich ein »Nein« spüre und mich die Umstände dennoch dazu zwingen?

Nun, die *kleine wilde Frau* fragt nicht danach, ob ihre Wünsche erfüllbar oder angemessen sind. Sie ist einfach nur wie ein innerer Anzeiger für deine Wahrheit. Ob du ihr folgen willst oder nicht, hängt davon ab, wie sehr du bereit bist, dich aus deiner Komfortzone hinauszubewegen und zu erlauben, dass das Leben dir neue Wege zeigt.

Die *kleine wilde Frau* lässt sich nicht kontrollieren und sie pfeift auf sogenannte vernünftige Argumente, die letztlich doch nur Angst spiegeln. Sie zeigt dir nur, was du in Wahrheit willst. Wenn wir ihr immer wieder erlauben, in unserem Leben zu wirken, dann macht sie uns ganz automatisch auf alles aufmerksam, was nicht zu uns passt und nicht unseren wahren Wünschen entspricht. Dazu genügt unsere Bereitschaft, auf sie zu hören.

Die *kleine wilde Frau* ist sehr sozial, aber sie ist nicht zu faulen Kompromissen bereit und ganz sicher unterstützt sie keine co-abhängigen Strukturen. Sie küsst weder verzauberte Prinzen wach noch arbeitet sie in einem Büro, in dem sie nicht gewürdigt wird. Sie räumt ihren Kindern nicht über Gebühr hinterher, sie lässt sich nicht ausnutzen und sie legt keinen Wert darauf, irgendeinem Bild zu entsprechen.

Gleichzeitig hat sie aber auch keine Angst, ihr ganzes Herz in die Waagschale zu legen und wirklich und wahrhaftig anwesend zu sein, wenn sie einmal »Ja« gesagt hat. Die Halbheiten hören auf, wenn du ihr erlaubst, in deinem Leben zu wirken. Sie bemuttert ihre Kinder zwar nicht übermäßig, aber sie würde sie auch nie allein lassen, wenn sie spürt, dass sie gebraucht wird. Sie folgt schlicht ihrem natürlichen Instinkt und ihrem Herzen, egal, ob es »pädagogisch wertvoll« ist oder nicht. Die *kleine wilde Frau* ist einfach, wie sie ist und erlaubt ihrer Umwelt, sie so wahrzunehmen, wie diese das will. Sie folgt ihrer Kraft und ihrem unbestechlichen inneren Richtungsweiser. Wenn du ihr zuhörst und ihre Kraft zulässt, spürst du sehr schnell, wo du domestiziert und angepasst bist, wo du um des lieben Friedens Willen den Mund hälst, wo du dich aus Angst ausbeuten lässt und wo du versuchst, dich selbst zu kontrollieren. Die *kleine wilde Frau* steht in Kontakt mit der kraftvollen Urfrau in dir. Sie ist ein wildes, freies, sexuelles und liebendes, lebendiges Wesen. Sie ist magisch, kennt ihre Kraft und weiß sie einzusetzen. Nähern wir uns ihr an, lernen wir sie kennen, damit sie unser Leben verzaubert. Oder wollen wir uns darauf einigen, dass sie unser Leben entzaubert, dass der Bann, der darüber hängt, gelöst wird und wir zurückfinden zu unserer wahren Kraft? So öffne deinen viel zu ordentlichen Zopf, schüttele deine perfekt gesträhnte Föhnfrisur, zieh die allzu hochhackigen oder die allzu vernünftigen Schuhe aus und folge ihr in das Land der wahren Lebenskraft!

Das Land der kleinen wilden Frau

Hörst du die Trommeln? Riechst du die Feuer? Spürst du die Lebendigkeit, die Freiheit, aber auch die Wärme, Liebe und Zärtlichkeit, die im Reich der *kleinen wilden Frau* herrschen? Es ist das Land des *Herzens*, nicht der Gefühle, nicht des Verstandes, sondern der Sitz echter Kraft und echter Freiheit. Es ist eine Freiheit, die sich nicht scheut, klar zu sein, Grenzen aufzuzeigen, »Nein« zu sagen; aber auch eine, die sich erlaubt, zu verstehen, zu vergeben, hinter die Dinge zu schauen. Wenn das Herz spricht, schweigen der beleidigte und innerlich auftrumpfende, aber auch der verängstigte, verstummte Anteil in uns und wir reagieren aus einem Bereich der echten Fülle heraus.

»Ich verstehe, ich vergebe, ich vergesse und ich kämpfe, ich gebe nicht auf. Ich diene dem Leben, nicht deiner Angst, nicht deiner Bequemlichkeit, nicht der Trägheit, nicht der Lüge. Ich diene der Wahrheit und ich zeige das Leben in all seinen Facetten, ich schaue hinter die Dinge, darüber hinaus, darunter und drum herum, ich weiß, was ich weiß und ich rüttele dich solange, bis du aus deiner Ohnmacht erwachst. Ich gebe dir deine Selbstbestimmung wieder, indem ich mich, ohne die Folgen zu scheuen, auch der unbequemen Wahrheit stelle. Ich sage »Nein«, wenn ich NEIN meine, aber ich scheue mich auch nicht, »Ja« zu sagen, wenn ich liebe und spüre, das Leben braucht mein »Ja«, um weiterzufließen.«

Schließe bitte deine Augen, und erlaube der *kleinen wilden Frau*, sich dir zu zeigen. Bitte sie, sich bemerkbar zu machen. Wo in deinem Körper spürst du sie? Vielleicht sitzt sie tief im Bauch, im Herzen oder im ganzen Körper, vielleicht spürst du sie unter deinen Füßen als Teil deiner Verwurzelung mit der Erde. Schau, wie sie aussieht – jede von uns hat eine andere *kleine wilde Frau* in sich.

Nun bitte sie, dir diese ganz besondere Kraft zu zeigen. Sie ist vielleicht viel weniger emotional oder gar sentimental, als du glaubst. Vielleicht aber spürst du sehr viel Liebe und Klarheit, wenn du ihr begegnest. Frage sie, was sie will und was zu tun ist, damit du sie besser spüren kannst, aber auch, in welchen Bereichen deines Lebens sie sich bereits jetzt schon zeigt. Wie sieht sie aus? Kannst du sie erkennen?

Wenn nicht, dann ist das nicht weiter schlimm, denn sie ist eine Energie, sie braucht kein Gesicht zu haben. Möglicherweise nimmst du sie eher wie eine wilde, freie Kraft in dir wahr. Lass dir ihr Land zeigen! Bitte sie zu verschiedenen Themen in deinem Leben um ihre Meinung und lausche nach innen. Vielleicht antwortet sie dir ganz anders, als du es erwartest, viel weniger romantisch und gleichzeitig viel weniger streng, viel organischer und pragmatischer.

Sie denkt nicht schwarz oder weiß. Für die *kleine wilde Frau* besteht das Leben immer aus mehreren Aspekten und Möglichkeiten. Sie tanzt mit dem Leben, fließt mit ihm, weiß, dass die Dinge und ihre Entwicklung magisch und vielschichtig sind und ihre Zeit brauchen. Sie weiß, dass du dein Leben nicht zu kontrollieren brauchst, dass die Frage »Will ich das?« nicht dazu dient, dogmatisch zu werden, sondern dir eine Ausrichtung gibt. Schaue sie dir an oder spüre sie. Wie fühlt sie sich an, was ist anders, was ist das für dich Besondere an deiner *kleinen wilden Frau*?

Erlaube ihr, ihre Energie in dich einfließen zu lassen und frag sie, wie sie handeln würde und wie sie die Dinge sieht. Sie richtet deine Energie aus, gibt dir einen Kurs, nimmt dir die Unklarheit, pflückt dir aber auch die Rosinen aus dem Kopf. Vielleicht ist sie ganz anders, als du es erwartest: Radikal in Bereichen, in denen du zögerlich bist, aber versöhnlich in Angelegenheiten, in denen du vor Wut oder Verletzung am liebsten einen klaren Schnitt machen würdest.

Sie ist angebunden an den Rhythmus der Erde, an organisches Wachstum, sie lebt nicht von den Vorstellungen, wie etwas zu sein hat, sondern sie kennt die wahre Kraft des Wachstums und der Entwicklung und weiß, was zu tun ist, damit sich die Dinge entfalten können. Sie weiß, welches Unkraut dem Gedeihen deiner inneren Rose hinderlich ist, welche Nährstoffe du brauchst, und wo du dich entspannen und den Dingen einfach ihren Lauf lassen darfst. Sie ist wie die Hüterin deines inneren Gartens, jenes Gartens, in dem deine Träume wachsen, reifen und darauf warten, gepflückt und geerntet zu werden, wenn die Zeit dafür reif ist. Sie kennt sich mit Erdkraft aus und mit Magie, mit Ritualen und der Heilkraft der Kräuter; ganz direkt oder im übertragenen Sinne.

So erlaube ihr, dir ihre Kraft zu zeigen, lade sie in dein Leben ein, bitte sie, wirksam zu werden, auch wenn du ihre besondere Energie vielleicht nicht ganz verstehst. Das brauchst du auch nicht: Sie ist ja ein Teil von dir. Es genügt, wenn du sie bittest, von nun an in dir lebendig zu sein und ihren Impulsen folgst. Sie macht sich ohne zu Zögern die Hände schmutzig, wenn es etwas zu tun gibt; sie scheut sich nicht, in der Erde herumzuwühlen, sie ist bereit, das zu tun, was nötig ist, damit sich deine Träume auf der Erde verwirklichen. Sie hängt nicht an Ideen, sondern erkennt, wie dein nächster Schritt aussehen muss, sie weiß, wann was zu tun oder zu lassen ist und hat die Kraft, die Geduld und den Mut, den Gesetzen des Wachstums zu folgen.

So wie eine gute Gärtnerin weiß, wann sie welche Kräuter pflücken kann und wie sie mit den Schnecken in ihrem Garten umgeht, so weiß die *kleine wilde Frau*, wie deine innere Landschaft bestellt werden muss, damit deine Träume, deine Bestimmung und deine Lebensaufgabe blühen und gedeihen können.

Sie zeigt dir, wann du eine Beziehung eingehen oder verlassen, einen Arbeitsplatz oder eine Wohnung wechseln oder ein bestimmtes Verhalten ändern kannst und solltest. Sie steht in unmittelbarem Kontakt zu den Rhythmen deines Lebens und erkennt die Zeichen, weiß, wann die Zeit reif ist und genau dann ist auch die Kraft vorhanden, Dinge anzugehen oder zu ändern. Wenn du auf sie hörst, dann lebst du dein Leben im idealen Gleichklang mit deiner eigenen Energie. Du tust, was sich richtig anfühlt, egal, ob du es gerade verstehst oder nicht und erlaubst dem Leben gerade dadurch, sich ungehindert in all seiner Harmonie und Schönheit zu entfalten. So schaue, ob du bereit bist, ihr zu vertrauen und erkenne, wo sie bereits in deinem Leben wirkt. Frage sie, ob sie dir eine Situation zeigen kann, in der du ihre Kraft schon kennengelernt hast.

Sie handelt vielleicht nicht immer so, wie es dir Selbsthilfebücher raten würden, weil es für die *kleine wilde Frau* kein Richtig oder Falsch gibt. Wenn du ihr vertraust, dann musst du Abschied nehmen von allen, die versuchen, dir ihre Vorstellungen von dir und der Welt überzustülpen.

Die *kleine wilde Frau* richtet sich ausschließlich nach den natürlichen Gesetzen der Erde und des Wachstums. Es spielt für sie keine Rolle, was man von ihr hält, denn sie bezieht ihre Kraft aus dem Wissen, angebunden zu sein an ein größeres Gesetz, Teil zu sein einer unermesslich kraftvollen Energie. Sie dient dem Leben und nur dem Leben, nie der Angst, nie der Vorstellung *über* das Leben, nie den verdrehten Ideen darüber, wie etwas zu sein hat.

Die *kleine wilde Frau* ist die Richtschnur, die dich zurückführt zu deiner wahren Kraft und damit auch zu dem Gefühl, richtig zu sein, angekommen, deiner Bestimmung zu folgen und ein nützlicher, unersetzlicher Teil von Gottes Plan zu sein.

Schauen wir uns dein Leben an. Schauen wir uns an, welche inneren Anteile zur Zeit noch wirksam sind: Damit die *kleine wilde Frau* beginnen kann, ihr wundersames, heilendes Werk zu tun.

Bitte sie, dich zu begleiten und die jeweiligen Schleier zu heben, die dich von echter Erfüllung trennen.

Von verzauberten Prinzen und echten Königen

Eines der ersten Wesen, die uns begegnen, wenn wir unsere innere Landschaft betreten, ist das Prinzesschen, das verzweifelt versucht, ihren Frosch wachzuküssen, nicht wahr? Wie viele Männer hast du schon versucht zu heilen, indem du ihnen hast alles durchgehen lassen, obwohl es dich verletzte? Bei wie vielen dachtest du, dass er schon irgendwann zu dem Mann werden würde, den du brauchst, wenn du ihn nur genug lieben würdest?

Aber wenn wir uns das Märchen »Der Froschkönig« einmal aufmerksam betrachten, dann steht da nicht viel vom Küssen. Die Prinzessin warf den Frosch gegen die Wand, und daraufhin war er erlöst! Es gibt bestimmt sehr viele Interpretationen dieses Märchens, ich nutze hier eine, die ich im Internet gefunden habe* und die mir sehr gut gefällt, weil sie deutlich zeigt, wie wenig sinnvoll wir uns oft verhalten.

Wir bitten einen Frosch um einen kleinen Gefallen – und er wird geradezu unverschämt. Kennst du das? Du gehst mit einem Mann zum Abendessen und glaubst, du müsstest dir nun seine ganze Lebensgeschichte anhören, gute Ratschläge parat haben, emotional für ihn da sein und hinterher womöglich noch für sein körperliches Wohlbefinden in Form von sexuellen Handlungen

* www.story-zone.de, Copyright Jenny Florstedt, mit freundlicher Genehmigung

sorgen? Vielleicht übertreibe ich ein bisschen, aber bestimmt weißt du, was ich meine. Was sind wir nicht bereit, für ein bisschen Zuwendung und Zärtlichkeit zu tun? Wie lange therapieren wir an diesem einen, emotional schwierigen Mann herum, was tun wir nicht alles, damit er überhaupt in der Lage ist, uns zu lieben ... oder? Sage mir, wenn ich mich irre, aber strengst du dich nicht auch maßlos an, damit der Herr mal ein wenig aus sich herausgeht? Bist du nicht so aufmerksam, süß, sexy und verständnisvoll, wie du es nur sein kannst, damit er sich aus seinem Schneckenhaus heraustraut? Verleugnest du nicht deine wahren Bedürfnisse, Meinungen, Gefühle und besonders deine Kraft, deine Wut, dein »Nein«, damit er auf dich zukommen kann? Glaubst auch du, Männer hätten Angst vor allzu starken Frauen und du müsstest dich etwas zurücknehmen? Das darfst du alles tun, wenn es sich gut anfühlt, aber meistens bleiben wir selbst dabei völlig auf der Strecke. Ein Mann ist kein Konto, auf das du erst einzahlen musst, damit du etwas abheben kannst. Und ein Mann ist kein verhuschtes Häschen, das zurückschreckt, wenn wir offen, präsent und voll inniger Kraft sind. Die *kleine wilde Frau* würde das niemals tolerieren – sie lässt die verhuschten Häschen in aller Liebe und voller Achtung links liegen.

Du weißt, woher das kommt: Immer noch versuchen wir – nun stellvertretend von diesem Mann – jene Liebe und Aufmerksamkeit zu bekommen, die unser Vater uns nicht geben konnte oder wollte. Natürlich wissen wir das. Hören wir deshalb auf? Nein, denn vielleicht ist es diesmal wirklich ein Prinz, oder? Möglicherweise lohnt es sich diesmal? Hat er uns nicht so lieb und fürsorglich unsere goldene Kugel aus dem Brunnen geholt? Ich sag dir etwas: Ein echter verzauberter Prinz verlangt dafür keine Gegenleistung! Er stellt nicht unverschämte Forderungen, sondern holt uns die goldene Kugel aus dem Brunnen und freut sich an unserer Freude. Er nutzt nicht unsere momentane Bedürftigkeit aus. Natürlich küssen wir ihn dann freiwillig vor Dankbarkeit, oder? Und wenn er dann auch äußerlich zum Prinzen wird – umso besser! Er hat sich aber bereits als Prinz gezeigt, deshalb muss er nicht mehr entzaubert werden. Darauf sollten wir achten: Ein echter Prinz benimmt sich auch so, egal, wie er aussieht.

Die *kleine wilde Frau* würde dem Froschkönig was husten, wenn er von ihrem Teller essen und in ihrem Bett schlafen wollte. Und was geschieht? In dem Moment, in dem sich die Prinzessin abgrenzt, als sie auf die Frage »Will ich das?« mit einem ausdrücklichen »Nein« antwortet, als sie ihn aus ihrem Bett gegen die Wand wirft, wird er erlöst! Wie passt denn das zusammen? Nun, vielleicht erlösen wir die Männer genau dadurch (falls wir das überhaupt tun), dass wir ihnen Grenzen setzen und ihnen unsere wahre Kraft zeigen? Indem wir ihnen weder allzu viel Verständnis noch jene komische, aufgesetzte, fast männliche Aggression entgegenbringen, sondern unsere natürlichen weiblichen Grenzen setzen, welche die *kleine wilde Frau* uns immer wieder deutlich macht – wenn wir sie lassen! Wenn wir sie nicht manipulieren, sondern in jedem Moment nach innen lauschen und uns die Frage »Will ich das?« klar und ehrlich beantworten.

Das bedeutet aber auch, dass wir die allzu große Verletzlichkeit hinter uns lassen müssen, denn die *kleine wilde Frau* ist weitaus pragmatischer und geduldiger als jenes unreife und manipulierende Prinzesschen. Aus Versehen ließ sie ihre goldene Kugel in den Brunnen fallen. Die erste Frage, die sie sich hätte stellen müsssen, wäre gewesen: Brauche ich die Kugel wirklich, will ich sie unbedingt wiederhaben? Nun, das wollte sie offenbar. Die zweite Frage, die sie sich stellen musste, lautet: Bin ich bereit, auf die Forderungen des Frosches einzugehen? Und hier spürte sie ein ganz klares »Nein«. Das sprach sie aber nicht aus, sondern täuschte den Frosch ganz bewusst, indem sie ihn für sie arbeiten ließ, seine zwar viel zu hohen, aber immerhin klar ausgesprochenen Forderungen zum Schein akzeptierte.

(»Ach, ja«, sagte sie, »ich verspreche dir alles, was du willst, wenn du mir nur die Kugel wiederbringst.« Sie dachte aber: »Der einfältige Frosch mag schwätzen, was er will, der sitzt doch im Wasser bei seinesgleichen und quakt und kann keines Menschen Geselle sein!«)

Hätte sie »Nein« gesagt, nun, vielleicht hätte er es dennoch für sie getan, wer weiß? Und wenn nicht, dann hätte sich eine andere Lösung gefunden, oder? Wer hat nun also wen manipuliert?

Genau das hätte die *kleine wilde Frau* nie getan! Sie ist aufrichtig und immer bereit, den Preis, den das Leben von ihr fordert, zu zahlen oder eben auf die Ware zu verzichten. Warum ich dir das erzähle? Nun, kennst du nicht diese Unaufrichtigkeit, dieses zögerliche Hoffen, dass der andere den Preis nicht fordert, dass dich das Leben glimpflich davonkommen lässt? Warum sollte es das tun? Was würdest du lernen, wenn du nicht aufgefordert werden würdest, Farbe zu bekennen? Würde dir das tatsächlich dienen? Oder würde es nicht nur deine Unentschlossenheit und, entschuldige bitte, Feigheit, nähren?

Im Märchen ist es der König, der der Prinzessin die klare Anweisung gibt, dem Frosch zu geben, was sie versprochen hat. Er repräsentiert also den inneren Herrscher, der unausweichlich dafür sorgt, dass wir unsere Erfahrungen machten und unsere Versprechen einhalten. Man könnte ihn mit dem Saturn-Prinzip gleichsetzen, dem unerbittlichen Hüter der Schwelle, der Halbheiten und Mogeleien nicht zulässt, sondern darauf achtet, dass die geltenden kosmischen Gesetze eingehalten werden. Du kommst nicht drum herum, du musst deinen Preis zahlen, denn früher oder später wirst du für alles geradestehen müssen. Also schaue lieber gleich, ob es sich lohnt. »Will ich das?« *Will ich das wirklich?* Diese Frage führt dich immer wieder zu dir selbst, richtet deine Aufmerksamkeit nach innen, wenn wir uns im Dickicht unserer (sich manchmal widersprechenden) Bedürfnisse verirren.

Meistens kennen wir, gerade in Bezug auf Männer, den Preis, den wir zahlen müssen. Es gibt genug Bücher darüber und leider haben sie recht: Wenn er nicht anruft, hat er kein Interesse – so einfach ist das. Setzt du dennoch auf ihn, strengst dich an, versuchst gar, ihn dir zurechtzutherapieren, wirst du unweigerlich enttäuscht werden. Wenn er nicht will, dann will er nicht, und wenn er will, dann kommt er von allein – das ist leider so. Du kannst an diesem Frosch herumküssen, solange du willst, er wird sich nicht in deinen Prinzen verwandeln. Wirf ihn gegen die Wand, lasse ihn los, gib es auf, wende dich an die *kleine wilde Frau* und erlaube ihr, dir die Frage zu stellen. Will ich das? Nein, natürlich nicht! Dann tue es bitte auch nicht. Klar, du willst diesen Mann – aber stimmt das? Willst du wirklich ihn? Oder nicht eher das, was du in ihm siehst? Denn zu ihm gehört offensichtlich auch, dass er dich nicht will oder nicht so will, wie du das gerne hättest. Und nein, liebste Freundin, leider nein: Du irrst, wenn du dir einredest, er sei nicht »noch nicht soweit«. Er *will* nicht und damit bleibt er für dich ein Frosch, mag er für eine andere auch der strahlendste Prinz von allen sein.

Wirf ihn gegen die Wand, lasse ihn gehen, damit er entweder von allein kommt – oder nicht. Du wirst in einen tiefen Schmerz und Mangel fallen, auf dich selbst zurückgeworfen werden, aber du wirst wieder aufstehen und dich für den öffnen, der dir die Kugel einfach so aus dem Brunnen holt. Denn genau hier liegt die Chance der *kleinen wilden Frau*, dich zu treffen: Eben dann, wenn du deine Anstrengungen aufgibst, kapitulierst, weil du zu müde bist oder weil ihr inneres »Nein« zu laut wird, wirst du bereit, ihr zuzuhören, ihre Kraft anzunehmen.

Du willst eine Affäre mit einem verheirateten Mann? Nun, dann fange sie an. Aber zahl dann auch den Preis: Die Einsamkeit an Weihnachten, die Schuldgefühle, das Verleugnen deiner Liebe, das scharfe Gefühl der Enttäuschung, wenn er nachts um drei dein Bett verlässt.

Du willst eine feste Beziehung? Ich wünsche sie dir von ganzem Herzen, aber schaue dir den Preis an. Du bekommst einen ganzen Mann, wenn du dich fest bindest – nicht nur die Rosen, sondern auch die Sportschau. Und du bekommst den unverstellten Blick auf dich selbst. Er wird dir einen Spiegel vorhalten, bewusst oder unbewusst. Du wirst mit allem in dir konfrontiert werden, das verletzt ist und sich am liebsten an ihn klammern oder sich in ein Schneckenhaus zurückziehen will. Willst du das? Wenn ja, wunderbar! Wenn nicht, dann überprüfe bitte erneut deinen Wunsch nach einer festen Beziehung und überprüfe, ob du in Wahrheit nicht etwas ganz anderes brauchst – und vor allem ob du überhaupt bereit bist, dich wirklich und wahrhaftig einzulassen. Die *kleine wilde Frau* in dir weiß, ob du bereit und in der Lage dazu bist oder ob es deine Entwicklung im gegenwärtigen Moment eher behindern würde, wenn du dich (wieder einmal) in einem Mann verlierst …

Du willst einen netten Abend, aber nicht mit ihm schlafen? Eben keine Affäre, sondern nur das Kerzenlicht und den funkelnden Wein? Genügt ihm das? Vielleicht ja, dann ist es wunderbar. Wenn nicht, dann sei bitte ehrlich und hoffe nicht, dass er vergisst, dich noch auf einen Kaffee nach oben zu bitten. Du wirst dich sonst den ganzen Abend lang nicht entspannen können. Die *kleine wilde Frau* wird an dir zupfen und dir ihr »Nein« ins Ohr flüstern. Irgendwann musst du das »Nein« sowieso sagen, warum machst du es nicht gleich? Das ist eine echte Frage: warum nicht? Weil du Angst hast, dann gar nichts zu bekommen? Wir nehmen das Hinhalten in Kauf, wenn wir dafür mal wieder nett ausgeführt werden, oder? Nun, wir benehmen uns wie die unreife Prinzessin, lassen uns den goldenen Ball zurückbringen, – diesmal in Form von Romantik und ein wenig Glanz – zahlen aber den Preis nicht. Oder wir zahlen ihn und legen dabei ordentlich drauf.

Im Land der *kleinen wilden Frau* herrschen Klarheit, Aufrichtigkeit und innere Stabilität. Wenn wir ihr folgen, werden wir vertrauenswürdig, für andere durchschaubar, berechenbar, in einer gesunden Form leicht zu handhaben. Es ist nicht erotisch oder weiblich, undurchschaubar und unberechenbar zu sein – es ist schlicht launisch und zickig. Wir sind für Männer sowieso ein Rätsel, dem brauchen wir nichts mehr hinzuzufügen. Machen wir es ihnen leichter, uns zu verstehen, nicht noch schwieriger, um interessanter zu wirken. Männer, die das brauchen, tanzen einen schmerzhaften Tanz mit dir und brauchen es, sich anzustrengen. Sie suchen nicht deine echte Nähe, schon gar nicht deine Liebe, sondern kreisen um ihr eigenes

Bemühen. Diese Männer sind wie die Prinzen, die sich zu Dornröschen durchschlagen wollen; und wir wissen, sie sind alle gestorben. Als die Zeit reif war, öffnete sich die Hecke ganz von selbst und niemand musste sich mehr hindurcharbeiten. Männer, die es brauchen, dass du launisch und unberechenbar bist, sind nicht anders als wir. Das ist *ihre* Form von Fröscheküssen.

Die *kleine wilde Frau* ist aufregend und geheimnisvoll, weil sie magische Kräfte hat und in ihrer Natürlichkeit und Lebendigkeit einfach unwiderstehlich ist. Aber sie ist nicht zickig, nicht launisch und sie benimmt sich nicht wie ein verzogenes (und in Wahrheit natürlich verletztes) Kind.

Wenn wir unsere Wahrheit spüren und aussprechen, entlassen wir die anderen aus den co-abhängigen Strukturen, die wir von ihnen gefordert haben. Oder meinst du wenn er dich nur wirklich liebt, dann weiß er, was du brauchst? Falsch, meine Liebe. Wenn er dich wirklich liebt, dann wird er, nachdem du ihm gesagt hast, was du brauchst, schauen, ob er es dir erfüllen kann. In wieweit er es dann kann oder nicht, ist wiederum kein Zeichen für seine Liebe, sondern sagt etwas über ihn selbst und seine Bedürfnisse aus. Seine Bereitschaft, dich wahrzunehmen und nach einer gemeinsamen Lösung zu schauen, zählt.

Liebe macht den anderen nicht zum Hellseher, außer, er ist ohnehin sehr intuitiv. Das ist aber ein Wesenszug, kein Verdienst der Liebe. Du weißt natürlich, dass das so nicht ganz stimmt. Wenn wir lieben, sind wir automatisch viel aufmerksamer. Aber das enthebt dich nicht der Verantwortung, für das einzustehen, was du brauchst, willst oder nicht willst. Er muss es eben nicht erraten. Wenn er ein gutes Gespür für dich hat, dann kann es sein, dass er dir entgegenkommt, indem er dich fragt, was du brauchst, weil er spürt, dass etwas nicht stimmt. Spätestens dann wird es Zeit, die *kleine wilde Frau* zu Wort kommen zu lassen.

Ich weiß, wie schwer das sein kann. Ich habe auch schon auf die Frage »Was hast du denn?« mit »Nichts« geantwortet, weil ich wie im Schock war, weil mein inneres Kind verrückt geworden ist vor Angst, verlassen zu werden. Wenn wir im Herzen berührt werden oder Angst bekommen, dann können wir nicht mehr reagieren, dann brauchen wir einen Moment, um unsere Aufmerksamkeit wieder nach außen verlagern zu können. Wenn dich etwas sehr berührt, dann richtet sich deine Wahrnehmung nach innen, dann bist du das Gefühl, sei es die Angst oder auch die Liebe, die Freude, der Schmerz. Die *kleine wilde Frau* weiß das und sie nimmt sich ihre Zeit. Sie lässt weder dich noch den anderen stehen, sondern signalisiert, dass sie sich in sich zurückziehen will. Auch wir haben unsere Höhlen, die wir nur mit anderen Frauen teilen. Auch wir ziehen uns zurück, brauchen Raum, um uns neu zu sortieren.

Wenn wir die Frage »Will ich das?« zum ersten Mal hören, kann uns nach einer kurzen Phase der Erleichterung der Eindruck ereilen, es ginge ab sofort nur noch um die egoistische und selbstbezogene Erfüllung all unserer Bedürfnisse. Als sollten sich nun alle nach uns richten – zumindest scheint es so. Aber darum geht es nicht. Ich gebe dir ein Beispiel und da wir noch im Reich der Beziehungen sind, geht es natürlich um einen Mann.

Du sitzt am Telefon und wartest, dass er dich anruft, obwohl du selbstverständlich weißt, dass wir das als reife, erlöste Königinnen nicht mehr tun. Aber stimmt es nicht? Was immer du gerade erledigst – ob du schwierige Verträge studierst, um eine grundlegende Entscheidung für deine Firma zu treffen, ob du das Mittagessen kochst oder einer Kundin die Haare schneidest – in Wahrheit wartest du auf seinen Anruf. Du bist verliebt, und das darfst du auch – wenn du es willst. Wenn du jetzt der *kleinen wilden Frau* erlaubst, dich zu fragen: »Will ich auf seinen Anruf warten, will ich das?« kommt natürlich: »Nein, das will ich nicht. Ich will, dass er anruft.« Darauf hast du aber keinen Einfluss. So bezieht sich die Frage der *kleinen wilden Frau* selbstverständlich immer auf *dich*, auf *deine* Reaktion, auf das, was *du* ändern kannst. Will ich auf seinen Anruf warten? Nun, kann ich es ändern? Ich kann selbst zum Hörer greifen, dann erledigt sich das Problem. Will ich das? Nein, im Moment nicht, warum auch immer. Möglicherweise hast du Angst vor einer negativen Reaktion oder du spürst, es ist nicht der richtige Zeitpunkt. Vielleicht erkennst du auch, dass es falscher Stolz wäre, der ihn zu einer Reaktion bringen, also manipulieren soll, wenn du nicht anrufst.

Noch einmal die Frage: Will ich warten? Nein. Kann ich es ändern? Nein. Will ich mich deshalb quälen? Nein!

Wie wäre es also, wenn du den Zustand annimmst und akzeptierst? Das Problem ist ja nicht das Warten, sondern das quälende Warten, die Angst, er könnte nicht anrufen, die Angst, wieder verletzt zu werden. Es ist das innere Kind, das Angst bekommt, enttäuscht und verlassen zu werden. Bitte die *kleine wilde Frau*, sich des Kindes anzunehmen und dir Kraft zu schicken. Nimm deine Angst wahr, verdränge sie nicht – und vielleicht hast du Lust auf folgende Übung:

Die Fühlen-Wollen-Tun-Methode

Nimm dir bitte ein paar Blatt Papier, eine Uhr, ein Feuerzeug, einen Stift und etwas Zeit. Nun überlege dir bitte ganz genau, was du eigentlich willst. Die *kleine wilde Frau* wird es dir sagen, wenn du sie zu Wort kommen lässt. Was ist dein Herzenswunsch in Bezug auf Beziehungen? Eine geborgene, verbindliche, kuschelige Angelegenheit? Ein Feld, in dem spirituelles Wachstum möglich ist? Eine unabhängige, selbstbestimmte Beziehung mit viel Raum für das eigene Leben? Was brauchst du, was willst du? Formuliere bitte deinen Herzenswunsch. Vielleicht schreibst du »Eine für mich auch sexuell erfüllende Liebesbeziehung mit viel Zärtlichkeit, Nähe und Raum für Wachstum und Veränderung«, denn möglicherweise weißt du ja gar nicht, was du willst, weil du es noch nie hattest.

Schreibe diesen Herzenswunsch bitte auf das erste Blatt, ganz oben, wie eine Überschrift. Nun hast du zehn Minuten Zeit, nicht mehr, aber auch nicht weniger, um alles aufzuschreiben, was in dir aufsteigt, wenn du daran denkst, dass dein Herzenswunsch nicht in Erfüllung geht: Das sind alle Gefühle, die durch den Mangel in deinem Leben verursacht sind.

Schreib also darunter:

Ich fühle: (was fühle ich in Bezug darauf, dass der Wunsch noch nicht erfüllt ist?) Erlaube dir, wirklich hineinzuspüren, die Trauer, die Leere tatsächlich wahrzunehmen. Vielleicht fühlst du dich auch frei, weil du noch keine für dich ideale Beziehung hast, weil du befürchtest, dann alles aufgeben zu müssen, was dir wichtig ist?

Natürlich kannst du diese Übung auch machen, wenn du bereits in einer Beziehung lebst. Dann schaue dir deinen Herzenswunsch entweder unabhängig von deiner bestehenden Beziehung oder in Bezug auf diese an. Beachte aber bitte auf jeden Fall, dass sich dein Herzenswunsch auf *dich* und *dein* Leben bezieht. Wenn dein Mann trinkt, zuviel arbeitet, nie für dich da ist oder eine Affäre hat, dann kann dein Herzenswunsch nicht sein, dass er damit aufhört – denn darauf hast du keinen Einfluss. Wohl aber, dass du einen guten Weg findest, anders damit umzugehen: Segne ihn, bete für ihn, zünde in einer Kirche eine Kerze an, wenn du das willst; stelle ihn zur Rede; gehe zu den Anonymen Co-Abhängigen, wenn du andauernd für ihn Verantwortung übernimmst; oder tue, was dir die *kleine wilde Frau* sagt. Ändern kannst du ihn oder die momentane Situation nicht. Aber du kannst anders handeln und musst nicht in einer inneren Opferhaltung bleiben. Ihm eine Kerze anzünden oder ihn in Gedanken segnen kannst du ihn natürlich dennoch; du verstehst schon, was ich meine. Noch einmal: Was fühlst du?

Der nächste Schritt stellt dir die Frage: Was willst du? Um was geht es in Wahrheit? Damit kommst du deinen Absichten, deiner Motivation, auf die Spur.

Ergänze bitte folgenden Satz:
Ich will… (was will ich wirklich, was steckt hinter dem Herzenswunsch?) Es könnte ja sein, dass einer der Gründe, warum du eine erfüllte Partnerschaft willst, der ist, dass du dich dann endlich wie eine »vollständige« Frau fühlst, oder? Oder dass du dich sicher und finanziell versorgt weißt? Dass du in Geborgenheit und Liebe leben kannst? Dass du deine Bestimmung erfüllst, nämlich die, Teil eines größeren Ganzen zu werden? Was auch immer du

wirklich willst, schreibe alles auf. All das stimmt und beeinflusst dein Leben, sabotiert die Erfüllung deines Wunsches leider aber auch, wenn dein Wollen nicht in dein Selbstbild passt. Willst du zum Beispiel sehr viel mehr Sex in deinem Leben, kannst dazu aber nicht stehen, dann blockiert dieser Wunsch eventuell sogar deine Energie. Also, mache sichtbar, was du willst, wozu die Erfüllung des Wunsches dienen soll. Vielleicht erkennst du auch, dass du gar keine Beziehung führen möchtest, sondern nur mal wieder ein bisschen Liebe und Romantik brauchst. Oder du spürst erst jetzt, wie tief der Wunsch im Herzen verwurzelt und wie dringlich er ist.

Fertig? Dann folgt der dritte Schritt:
Was bist du bereit zu tun, damit sich dein Wunsch erfüllt? Nichts Großes muss es sein, eine Kleinigkeit ist ausreichend, diese praktiziere aber jeden Tag, wie ein festes, magisches Ritual. Es braucht nichts mit dem Wunsch zu tun zu haben; du musst nicht dafür arbeiten, es soll dich nur erinnern. Frage die *kleine wilde Frau*, welche kleine rituelle Handlung du dich jeden Tag durchzuführen traust, und zwar so lange, bis sich dein Wunsch sichtbar oder spürbar erfüllt hat.

So beginnt der nächste Satz mit:
Dafür bin ich bereit, zu tun … eine Kerze anzünden, jeden Tag eine kleine Meditation durchführen, mir jeden Tag eine Rose kaufen – auch am Wochenende! – bewusst zu beten, eine bestimmte Yoga-Übung zu machen oder auch etwas ganz anderes … Nur ein kleines Ritual sollte es sein, das dir entspricht und deinen Wunsch in der Welt verankert, ihn bestätigt und dich selbst nach und nach in das Energiefeld der Erfüllung führt. Schreibe alles auf, was du bereit bist, zu tun.

Denke aber bitte daran, dass es auch durchführbar sein sollte!

So, nun hast du wahrscheinlich drei ziemlich vollgeschriebene Blätter vor dir. Streiche den Text nun bitte zusammen, reduziere jeden Bereich auf die drei wichtigsten Aussagen.
Fertig? Dann suche dir die jeweils wichtigste Aussage aus und schreibe sie zusammen mit dem Herzenswunsch noch einmal gesondert auf.

Ich wünsche mir aus ganzem Herzen:
Ich fühle:
Ich will:
Ich bin bereit, dafür zu tun:

Die anderen Blätter kannst du nun zerreißen und wegwerfen.

Bitte schaue dir noch einmal an, was du bereit bist, zu tun, merke es dir und verbrenne nun dieses letzte Blatt. Damit erlaubst du dem Wunsch, frei zu werden und in die Weiten des Kosmos aufzusteigen, damit er Energie sammeln kann.

So! Alles, was es nun noch zu tun gibt, ist, jeden Tag dein kleines Ritual durchzuführen. Ob er nun anruft oder nicht, ist nun nicht mehr so wichtig, denn du weißt: Du wechselst gerade in das Energiefeld von Erfüllung und Liebe, deshalb wird dir der »richtige« Prinz sowieso begegnen. Kaufe dir eine Rose, zünde die Kerze an oder tue, was du zu tun entschieden hast und freue dich darüber, wie gut du deine Energien ausrichtest und wie viel Verantwortung du für dein Leben übernimmst!

Die *kleine wilde Frau* verkörpert den magischen Teil in dir, der nun dafür sorgen wird, dass sich alles so verwirklicht, wie du es entschieden hast, denn sie reagiert auf Rituale. Sie ist fest mit deinen unbewussten Kräften verbunden und kennt sich aus mit magischen Handlungen. Und weil du deinen Herzenswunsch und die Sehnsucht nach seiner Erfüllung nun zulässt, kann sich jetzt die Energie für seine Verwirklichung sammeln und ihren Weg zur Erde finden.

Also, nun ist ja alles klar. Dein Wunsch nach einer erfüllten Beziehung ist auf dem Weg zur Verwirklichung und du kannst aufhören, Frösche zu küssen, die sich davon sowieso nicht beeindrucken lassen. So wäre es nun Zeit, weiterzugehen – wenn es da nicht noch eine andere Prinzessin gäbe, eine, die ihren König auch dann nicht erkennt, wenn er direkt vor ihr steht.

Kennst du Frauen, die sich nicht in fürsorgliche, treue und aufrichtige Männer verlieben, weil sie ihnen zu nett sind? Die, wenn sie wissen, dass sie nicht verletzt werden, diesen sexuellen Kick nicht spüren, der ihnen zeigt, dass sie sich verliebt haben? Die anscheinend die Angst vor Zurückweisung, das Anstrengen und Bangen brauchen, um einen Mann zu lieben? Oder denen ein ganz normaler Mann nicht cool genug, nicht reich genug, einfach nicht Statussymbol genug ist? Die einen Mann deshalb zurückweisen, weil er weiße Socken im Bett oder nicht die richtigen Jeans trägt? Ich rede nicht von sechzehnjährigen, unsicheren und deshalb allzu coolen Mädels, sondern von Frauen, die erfolgreich, gutaussehend, selbstständig und einigermaßen klug und selbstbewusst sind. Frauen, die von ihrem Mann erwarten, dass er ihnen ebenbürtig ist, was den Status betrifft, dass er sich zu kleiden weiß, die Türsteher der angesagten Clubs oder Restaurants kennt, ihnen das harte Leben, das sie führen, ein bisschen leichter macht. (Sag mal, haben wir sie denn noch alle?)

Kennst du das Märchen von König Drosselbart?
So beginnt es:

Ein König hatte eine Tochter, die war über alle Maßen schön, aber dabei so stolz und übermüthig, daß ihr kein Freier gut genug war. Sie wies einen nach dem andern ab und trieb noch dazu Spott mit ihnen. Einmal ließ der König ein großes Fest anstellen und ladete dazu aus der Nähe und Ferne die heirathslustigen Männer ein. Sie wurden alle in eine Reihe nach Rang und Stand geordnet: erst kamen die Könige, dann die Herzöge, die Fürsten, Grafen und Freiherrn, zuletzt die Edelleute. Nun ward die Königstochter durch die Reihen geführt, aber an jedem hatte sie etwas auszusetzen. Der eine war ihr zu dick, »das Weinfaß!« sprach sie. Der andere zu lang, »lang und schwank hat keinen Gang«. Der dritte zu kurz, »kurz und dick hat kein Geschick«. Der vierte zu blaß, »der bleiche Tod!« Der fünfte zu roth, »der Zinshahn!« Der sechste war nicht grad genug, »grünes Holz, hinterm Ofen getrocknet«. Und so hatte sie an einem jeden etwas auszusetzen, besonders aber machte sie sich über einen guten König lustig, der ganz oben stand, und dem das Kinn ein wenig krumm gewachsen war. »Ei«, rief sie und lachte, »der hat ein Kinn, wie die Drossel einen Schnabel«; und seit der Zeit bekam er den Namen Drosselbart. *

Wir wissen, wie es endet: Zur Strafe wird die Königstochter mit dem König Drosselbart, der sich als armer Spielmann ausgibt, verheiratet und nach einer Zeit der Demütigungen, in denen sie hart arbeiten muss und endlich

* alle Märchen werden zitiert nach:
www.gutenberg.spiegel.de, mit freundlicher Genehmigung

zugeben kann, dass sie stolz und hochmütig gehandelt hat, gibt sich König Drosselbart zu erkennen:

»Das alles ist geschehen, um deinen stolzen Sinn zu beugen und dich für den Hochmuth zu strafen, womit du mich verspottet hast«. Da weinte sie bitterlich und sagte: »Ich habe großes Unrecht gethan und bin nicht werth deine Frau zu sein«. Er aber sprach: »Tröste dich, die bösen Tage sind vorüber, jetzt wollen wir unsere Hochzeit feiern«. Da kamen die Kammerfrauen und thaten ihr die prächtigsten Kleider an, und ihr Vater kam und der ganze Hof, und wünschten ihr Glück zu ihrer Vermählung mit dem König Drosselbart, und die rechte Freude fieng jetzt erst an. Ich wollte du und ich, wir wären auch dabei gewesen.

Na? Erkennst du dich oder ein paar Freundinnen wieder? Wenn du mit einem sehr netten, sanftmütigen Mann zusammen bist und dir die Frage stellst »Willst du das?«, dann beantwortest du sie vielleicht mit »Nein«, weil dein gewohntes Muster nicht greifen mag, weil du mit ihm nicht kämpfen, sondern fließen kannst.

Natürlich wünschen wir uns nichts mehr als einen liebevollen, aufmerksamen und klugen Mann, aber wenn er uns so gar keine Herausforderung bietet ... Oder so gar nicht in unsere durchgestylte, sorgfältig aufgebaute Welt passt, lieber die Sportschau guckt und ein Bier mit seinen Kumpels trinkt, als mit dir zum Tango Argentino-Kurs zu gehen? Der nicht weiß, wo die schicken Clubs sind, dafür sonntags in den Wald geht und Pilze sammelt? Der es wagt, weiße Feinrippunterwäsche zu tragen? Das geht gar nicht, sagen wir angewidert und ziehen uns rasch die Lippen nach, damit uns der smarte Geschäftsmann an der Bar bemerkt. Ja, aber wir müssen doch einen bestimmten Standard halten, sagen wir. Haben wir nicht so lange an unserem Image und unserem Lifestyle gearbeitet? Oder, wenn du esoterisch gut dabei oder beispielsweise Vegetarierin bist: Was machst du mit einem Mann, der Fleisch isst? Der nicht weiß, was für einen Aszendenten er hat und der sich auch nicht wirklich dafür interessiert? Einem, der raucht? Willst du das? Um Himmels Willen, natürlich nicht, sagen wir und warten lieber auf den Traumprinzen. Der, der vor uns steht, ist zu nett oder einfach nicht cool genug, tut uns leid. Er kann ja nichts dafür – aber wir auch nicht.

Was würde wohl die *kleine wilde Frau* auf die Frage »Willst du das« sagen? Was würde dein Herz sagen, wenn du spürst, dass du dich mit ihm einfach entspannen kannst? Dass er zwar nicht weiß, dass weiße Feinrippunterwäsche zu den absoluten No-Gos gehört, aber genau deshalb auch nicht erwartet, dass Frauen wie Barbiepuppen auszusehen haben?

Um was geht es denn eigentlich, wenn wir jemanden kennenlernen? Brauchen wir einen Mann, der unsere Ausstrahlung unterstützt, nach angesagten Designerdüften riecht und uns zeigt, wie toll wir als Frau sind? Der uns ein aufregendes Leben beschert und endlich den Glanz und Glamour – oder aber eben die Entlastung und Entspannung – liefert, die wir so sehnlich vermissen? Dann sollten wir uns ein schnelles Auto oder ein gemütliches Sofa kaufen, aber die Finger von Männern lassen, wir schaden ihnen nur. Liebste Freundin, wenn du einen Mann nicht mit dem Herzen sehen kannst, wenn du nicht die *kleine wilde Frau* fragst, was sie denn zu ihm sagt, dann lasse ihn bitte in Ruhe, dann tust du ihm nicht gut. Du unterstützt in solchem Fall nur den Kampf, den die Welt ihm sowieso beschert, den Kampf, immer besser, schneller, weiter sein zu müssen.

Gewiss gibt es sehr viele Männer, die nicht zu dir passen. Dann wird dir die *kleine wilde Frau* das schon sagen. Wenn du aber aus Statusgründen oder weil dir bestimmte Frauenzeitschriften Rosinen in den Kopf gesetzt haben, »Nein« sagst, obwohl die *kleine wilde Frau* durchaus interessiert ist, weil sie echte Qualitäten wittert, dann wirst du an den wahren Königen vorbeilaufen.

Wahre Könige schreien ihren Status nicht heraus. Sie können durchaus sehr durchschnittlich wirken. Du spürst aber, dass sich etwas in dir entspannt, wenn du mit ihnen zusammen bist; etwas Scharfkantiges, Angestrengtes in dir kommt zu Ruhe. Aber genau dann bekommst du das Gefühl, der Mann sei dir zu langweilig, nicht wahr?

Natürlich liegt auch das nur daran, dass du den Kampf um die Liebe deines Vater gewinnen willst und musst. Du WILLST ENDLICH diesen einen Mann erlösen und dir untertan machen, sprich, ihn dazu bringen, dich zu lieben. Das geht nicht mit jemandem, der dir sein Herz einfach so zu Füßen legt. Ja, das ist klar. Und, entschuldige, es ist sterbenslangweilig, weil es nicht funktioniert – und das weißt du auch. Wenn du unter der Zurückweisung deines Vaters leidest, dann mache eine Therapie, eine Aufstellung, hole das innere Kind aus der Situation der Ablehnung heraus, schreibe ihm Briefe, weine dir die Augen aus dem Kopf, kümmere dich darum. Aber führe den Kampf nicht länger weiter.

Das ist schwer, natürlich, aber es stimmt trotzdem, oder? Ein Mann kann dir nicht geben, was dein Vater versäumt hat; er hat es einfach nicht. Du wärst auf der Stelle abhängig von ihm, wenn er sich auf dich einlassen würde; wenn er dir hin und wieder ein bisschen Zuwendung und Nähe geben, sich dann aber wieder entziehen würde, denn das ist das alte Spiel. Die *kleine wilde Frau* wäre strikt dagegen, so etwas zu dulden, denn sie will auch in einer Beziehung frei und wild bleiben – und frei und wild lieben dürfen! Also frage sie bitte, was sie will und nicht, was dein inneres Kind möchte. Das will sich nämlich nur an seinen Papi klammern und nie wieder loslassen. Es ist nicht in der Lage, die erwachsene, reife, spirituelle und selbstverantwortliche Beziehung zu führen, die wir uns wünschen.

Aber wir kümmern uns gleich darum, keine Sorge!

Weißt du, wir haben vielleicht manchmal ein wenig zu romantische Vorstellungen im Kopf darüber, was spirituelle reife Liebe, Seelenverwandschaft und erlöste Liebesbeziehungen betrifft. Wir leben in einer Zeit, in der es darum geht, Liebe (und nur Liebe) zu verwirklichen. Beziehungssüchtige Strukturen lassen dies nicht zu. Es gilt, auf eigenen Beinen zu stehen und das zu teilen, das wirklich geteilt werden will und nicht das, was nun endlich dringend den Vater oder die Mutter braucht. Selbst das kleine innere Kind, das so sehr verlassen und verletzt ist, möchte heil werden und sich nicht an den nächsten Papi oder die nächste Mami hängen. Wahre Liebe ist an sich romantisch, großartig und wundervoll genug, egal, wie sie daherkommt. So lasse die inneren weichgezeichneten Wunschbilder los und schaue dir an, wie vollkommen sich dein Leben ganz von selbst entfaltet, wenn du es ihm erlaubst.

Kennst du das? Du lernst einen Mann kennen, begegnest ihm zunächst wachsam, achtest auf deine Bedürfnisse, schaust, ob du dich gut amüsierst, ob er liebevoll ist, ob es dir gut geht. Du bleibst brav in deiner Mitte und folgst nur deinem Herzen, nicht deiner Angst – kurz, du hast etwas wie »Königin im eigenen Reich«* oder »Wenn Frauen zu sehr lieben«** gelesen und hältst dich an das, was deine innere Stimme dir sagt. Die *kleine wilde*

* Susanne Hühn: Königin im eigenen Reich. Darmstadt 2006

** Robin Norwood, Wenn Frauen zu sehr lieben. Reinbeck bei Hamburg 1986

Frau führt dich, du folgst ihrer liebevollen und klaren Stimme. Du sorgst nicht andauernd für seine Bedürfnisse, damit er dich mag, sondern du bleibst schön bei dir und ihr versteht euch wunderbar. Du wirst nicht sofort abhängig, kannst dir ein Leben ohne ihn immer noch vorstellen. Er soll dich weder retten noch dir beweisen, dass du eine liebenswerte Frau bist. All das weißt du bereits und du möchtest einfach nur Zeit mit ihm verbringen und schauen, wohin das Leben euch führt. Du benimmst dich also so, dass deine *kleine wilde Frau* vor Freude Purzelbäume schlägt, denn du fragst dich immer wieder, ob es *dir* gut geht, nicht ihm, und ob *du* ihn eigentlich sehen willst, nicht, ob er dich vielleicht schon vergessen hat. Er scheint dich oft sehen zu wollen, traut sich, »wir« zu sagen und plant ein paar Tage im Voraus, verbringt seine Wochenenden mit dir, wenn er nicht mit den Kumpels unterwegs ist und du hast ein gutes, warmes, zuversichtliches Gefühl. Alles ist möglich.

So scheint es.

Und dann, eines Tages, – ihr geht vielleicht nett essen oder hattet eine wundervolle Nacht zusammen – geschieht es. Du spürst auf einmal: Ich will nur noch mit *ihm* schlafen, will Exklusivität, will offiziell seine Freundin sein. Du hast das Gefühl, das, was ihr miteinander teilt, ist bereits eine Beziehung. Denn ihr öffnet euch füreinander, kommt euch emotional immer näher, versteht euch gut und der Sex ist ausbaufähig. Ihr kennt euch jetzt ein paar Monate und du stellst beiläufig folgende Frage, die du eigentlich nur als Formsache ansiehst:

»Sag mal, treffen wir uns eigentlich auch noch mit anderen oder wollen wir es zusammen probieren?«, was natürlich meint: »Ich will auch nach außen hin die Frau an deiner Seite sein und du sollst keine anderen Frauen neben mir haben«.

Und jetzt passiert es.

Ob du es willst oder nicht: Das Spiel mit der inneren Unabhängigkeit hört auf.

Du trägst wahrscheinlich, ob es dir bewusst ist oder nicht, innerlich bereits das Hochzeitskleid und wechselst von Wolke sechs auf Wolke sieben – ein rosarotes Schaumgebilde, das die nächste Schicht deiner (sicherlich teilweise unbewussten) Prinzessinnenträume, aber auch Entfaltungsmöglichkeiten enthält.

Er hingegen stürzt von Wolke sieben, auf der er sich gerade wegen eurer relativen Unverbindlichkeit längst befindet, in ein Katastrophengebiet. (Das Szenario kann natürlich auch andersherum stattfinden.)

Alle Ängste werden nun in ihm aktiv: Die Angst vor dem Verlust seiner Freiheit, seiner Eigenständigkeit; die Angst, vereinnahmt zu werden, zu einem Pantoffelhelden zu mutieren, jemandem, der es seiner Frau recht machen muss, damit sie ihn nicht genauso mit Liebesentzug oder, noch schlimmer, mit Schuldgefühlen straft, wie es seine Mutter wahrscheinlich getan hat. Sein wilder innerer Mann macht sich bereit, die Flucht zu ergreifen und er hat allen Grund dazu. Wir dagegen wollen wissen, ob endlich ein Mann zu uns steht und es wirklich ehrlich meint, dableibt, uns halten kann und will, wo doch unser Vater nie für uns da war … Was jetzt?

Das Spiel hört auf, es wird ernst. Die inneren Kinder zeigen sich und verlangen endlich ihr Recht. Die unabhängigen Erwachsenen, die sich so prächtig verstanden haben, verlassen fluchtartig den Raum und fragen sich, was denn um Himmels willen geschehen ist.

Wollen wir jetzt das Handtuch werfen? Hier, in diesem unergründlichen Tretminenfeld der Verletzungen, Zurückweisungen, der fast panikartigen Angst vor Bindung und Nähe, vor erneuter Abweisung und Abhängigkeit, hier auf dem Feld der Kampfanzüge, des Feuers und der inneren Eiseskälte begegnen wir uns und dort beginnen die meisten unserer Beziehungen. Wir treffen uns, ob wir es wollen oder nicht, an den am meisten verletzten Punkten, wenn wir beginnen, uns berührbar zu machen und uns wirklich zu öffnen.

Jetzt, in diesem Moment brauchen wir, neben unserer *kleinen wilden Frau*, dringender denn je einen guten Kontakt zu unserem inneren Kind; denn hier ist es tief verletzt und beginnt laut zu schreien. Bis hierher war es einigermaßen leicht: Wir sind es gewohnt, auf eigenen Füßen zu stehen; wir haben in schmerzhaften Prozessen gelernt, für uns selbst zu sorgen; wir können Sex ohne Liebe haben und Liebe ohne Sex; wir kennen das Spiel. Aber wenn es ernst wird, wenn das Herz sich öffnet, wenn es verbindlich wird, spätestens dann verlieren wir das Bewusstsein und fallen tief hinein in die Wunden, die uns unsere Eltern, Großeltern oder einfach das Leben selbst geschlagen haben. Wir agieren nicht mehr aus Liebe oder aus unserer eigenen Kraft heraus, sondern winden uns im Schmerz der Zurückweisung, wenn er einmal ohne uns sein will oder in der Angst vor dem Verlust seiner Liebe, wenn er ein paar Tage nicht anruft oder gar »Abstand braucht«.

Ganz schlimm wird es, wenn er selbst sehr verletzt ist und emotional zu einem Eisblock erstarrt, weil du zum Beispiel auf eine Frau, die er kennt, eifersüchtig reagierst. Oder wenn sich dein inneres Kind nicht wahrgenommen fühlt, etwa bei der Frage, ob er Zeit mit dir verbringen will, obwohl er schon etwas anderes vorhat – eben immer dann, wenn sich die Ebene der »verbindlichen« Beziehung zu zeigen beginnt.

Wir haben also das innere kleine Mädchen, die Märchenprinzessin, die von ihrem Vater nicht beachtet, zurückgewiesen oder einfach nicht als solche erkannt wurde und sich deshalb nie frei entfalten, nie zur Königin heranreifen konnte. Und da ist der kleine Junge, der viel zu früh die Bedürfnisse aller Frauen in Form seiner Mutter kennengelernt hat, ermahnt wurde, sie zu erfüllen und der ebenso wenig eigenen Raum für seine männliche Entfaltung, die Entfaltung des Indianers, des Cowboys, des Kriegers bekam. Das kleine verletzte Mädchen will endlich einen Mann finden will, der es liebt, ihm Raum gibt, es anerkennt und ihm die Sterne vom Himmel holt, ihm also den Spiegel der Selbsterkenntnis einfach dadurch gibt, dass er ihm zeigt, wie wertvoll und liebenswert es ist. Nur konnte ihn seine sicher selbst sehr verletzte Mutter ebendies nicht spiegeln. Und außerdem braucht der kleine Junge die Freiheit, zu toben, auf Bäume zu klettern, einfach zu tun, was er will, frei zu zelten und sich die Kraft vom Vater zu holen, nicht von der Mutter.

Wir können deshalb keine Beziehungen führen, in denen echte Nähe möglich ist, weil wir noch immer versuchen, uns gegenseitig das abzutrotzen, was wir als Kind nicht bekommen haben. Liebe, Anerkennung, Wertschätzung, Geborgenheit, Freiheit und Unabhängigkeit. Wir haben einen Werkzeugkasten voller Tricks, mit denen wir versuchen, vom anderen das zu bekommen, was unser inneres Kind so dringend braucht.

Das alles hat mit Liebe herzlich wenig zu tun.

Und genau deshalb nährt es auch nicht; unser inneres Kind bekommt wieder nicht, was es braucht und wir werfen enttäuscht und erneut verletzt die Flinte ins Korn. Dabei haben wir uns gegenseitig ein wundervolles Geschenk gemacht: Wir spüren unsere tiefsten Wunden! Wenn wir uns nun erlauben, sie zu fühlen – von hier aus aber nicht weiter nach außen, sondern nach innen gehen – dann haben wir eine Chance, zu heilen und zu echten Partnern und Weggefährten zu werden.

Auch wenn du bereits lange in einer Beziehung lebst, kommst du vielleicht immer wieder an den Punkt, an dem du bedürftig und einsam bist und der andere dich nicht zu brauchen scheint. Oder du benötigst Raum und Abstand und dein Partner beginnt, dich zu kontrollieren und Forderungen an dich und deine Zeit zu stellen.

Die *kleine wilde Frau* hilft uns hier nur bedingt weiter, denn natürlich braucht sie beides: Freiheit und Unabhängigkeit, aber auch Liebe und Zärtlichkeit – alles zu seiner Zeit. Stellen wir uns nun die Frage »Will ich das?«, so kommen wir rasch an den Punkt, an dem wir nicht mehr weiterwissen, denn natürlich wollen wir die unbefriedigende Situation nicht länger aushalten – aber das innere Kind beschwört sie immer wieder herauf. Und wenn du noch so frei, wild, erwachsen und selbständig bist, und wenn du noch so klar deine Wahrheit sagst und zu dir stehst - wenn du in die Bereiche des inneren Kindes kommst, kann selbst die *kleine wilde Frau* nichts mehr ausrichten – außer – sich um das innere Kind zu kümmern. Sie kann zur Mutter werden, diese *kleine wilde Frau*, zur fürsorglichen, liebenden Mutter, die uns in diesem Moment so dringend fehlt. Bitte sie, sich auf ganz archetypische Weise dem kleinen inneren Kind anzunähern. – Es gibt ein Märchen, das in einer, wie ich finde, außergewöhnlich klugen Interpretation* zeigt, welche Kraft das innere Kind brauchen könnte: *Rumpelstilzchen.*

Wie beginnt es?

* Befreit durch einen Wutausbruch, Angela Seifert, Stuttgart 2001

Es war einmal ein Müller, der war arm, aber er hatte eine schöne Tochter. Nun traf es sich, dass er mit dem König zu sprechen kam, und zu ihm sagte: »Ich habe eine Tochter, die kann Stroh zu Gold spinnen.« Dem König, der das Gold lieb hatte, gefiel die Kunst gar wohl, und er befahl, die Müllerstochter sollte alsbald vor ihn gebracht werden. Dann führte er sie in eine Kammer, die ganz voll Stroh war, gab ihr Rad und Haspel, und sprach: »Wenn du diese Nacht durch bis morgen früh dieses Stroh nicht zu Gold versponnen hast, so musst du sterben«. Darauf ward die Kammer verschlossen, und sie blieb allein darin.

Da saß nun die arme Müllerstochter, und wusste um ihr Leben keinen Rat, denn sie verstand gar nichts davon, wie das Stroh zu Gold zu spinnen war, und ihre Angst ward immer größer, dass sie endlich zu weinen anfing.

Was für eine hervorragende Idee vom Müller, nicht wahr? Und wie immer fehlte die (innere) liebevolle und fürsorgliche Mutter, die sich schützend vor ihr Kind stellt und dem geltungssüchtigen Vater Einhalt gebietet. Seine Unsicherheit, sein Wunsch, dem König zu gefallen, brachte das Mädchen in eine unmögliche Situation. Kennen wir das nicht?. Versprechen wir nicht oft das Blaue vom Himmel herunter, obwohl wir genau wissen, wir können es nicht halten? Sind wir nicht sexy, erfolgreich, haben wir nicht alles im Griff und können wir nicht dennoch zuhören, einfühlsam sein, einen Autoreifen wechseln und gleichzeitig Telefonseelsorge spielen? Sind *wir* nicht einfach die »besseren Männer«? Versprechen wir nicht selbst andauernd, dass wir Stroh zu Gold spinnen können – und versuchen wir es nicht redlich? Und, seien wir ehrlich, sitzen wir dann nicht vor dem Spinnrad und verzweifeln fast? Opfern wir nicht unsere Seelenruhe der Liebe unseres Vaters oder eines für uns wichtigen Mannes, der Anerkennung unseres Chefs – oder für wen auch immer dieser König in unserem Leben steht? Wo treibt sie sich nur herum, unsere innere Mutter, die uns vor dem geltungssüchtigen, ängstlichen inneren Vater beschützt?

Was passiert weiter?

Rumpelstilzchen tritt ein, ein magisches Naturwesen, das im Wald lebt und weiß, wie man Stroh zu Gold spinnt. Es verlangt einen Gegenwert und hilft der Müllerstochter. Der König ist begeistert von all dem Gold, wird habgierig und die Müllerstocher sitzt in der Falle. Sie muss weitermachen und dem Waldgeist ein weiteres Geschenk anbieten. In der dritten Nacht schließlich verspricht sie ihm ihr erstes Kind. Nun könnten wir uns herrlich darüber aufregen, nicht wahr? Was bildet sich dieses Rumpelstilzchen nur ein und so weiter ...

Vielleicht ist es aber auch ganz anders? Vielleicht biete sich hier eine ungewöhnliche Chance? Vielleicht ist es kein besitzergreifender böser Geist, der die Müllerstochter arglistig täuscht, sondern eine gute Kraft, die das Kind nicht rauben, sondern es in seine Obhut nehmen möchte? *Ohne* Rumpelstilzchen wäre die schöne Tochter *tot*, weil ihr Vater sie geopfert hätte! Rumpelstilzchen rettet sie und bittet darum, ihm das Kind zu geben, welches sonst in die Hände des schwachen, angepassten Müllerstöchterchens und des offensichtlich habgierigen Königs fallen würde. – Rumpelstilzchen bereitet sich *freudig* auf die Ankunft des Kindes vor: Es backt und braut wie für ein großes Fest. Woher wissen wir, dass Rumpelstilzchen nicht die wilde, magische, unverfälschte innere Kraft ist, die der braven Müllerstochter so dringend fehlte? Natürlich bräuchte sie das Kind nicht abzugeben, wenn sie Rumpelstilzchens Namen herausgefunden hätte, denn dies würde bedeuten, dass sie jene wilde Kraft anerkannt und als lebbaren Anteil in ihr Wesen integriert hätte. In diesem Fall könnte sie aber auch selbst Stroh zu Gold spinnen – oder würde dieses Ansinnen mutig und lächelnd von sich weisen.

Über ein Jahr brachte sie ein schönes Kind zur Welt, und dachte gar nicht mehr an das Männchen, da trat es in ihre Kammer und sprach: »Nun gib mir, was du versprochen hast«. Die Königin erschrak, und bot dem Männchen alle Reichtümer des Königreichs an, wenn es ihr das Kind lassen wollte, aber das Männchen sprach: »Nein, etwas Lebendes ist mir lieber als alle Schätze der Welt«. Da fing die Königin so an zu jammern und zu weinen, dass das Männchen Mitleiden mit ihr hatte, und sprach: »Drei Tage will ich dir Zeit lassen, wenn du bis dahin meinen Namen weißt, so sollst du dein Kind behalten.

Hört sich das an wie eine gemeine, habgierige Kraft? Dem König war Gold wichtiger als alles andere. Wer von beiden spielt denn nun mit dunkler, machtbesessener Energie? Die Königin schickt Kundschafter aus und rät jeden Tag ein paar ungewöhnliche Namen; doch natürlich treffen alle nicht zu. Dann, am Ende, werden ihre Kundschafter fündig und verraten ihr den Namen des kleinen magischen Wesens. Aber anstatt gleich zuzugeben, dass sie den Namen kennt, führt sie das Männchen zunächst an der Nase herum:

Da war die Königin ganz froh dass sie den Namen wusste, und als bald hernach das Männlein kam, und sprach: »Nun, Frau Königin, wie heiß ich?« fragte sie erst: »Heißest du Kunz?« »Nein.« »Heißest du Heinz?« »Nein.« »Heißt du etwa Rumpelstilzchen?«
»Das hat dir der Teufel gesagt, das hat dir der Teufel gesagt«, schrie das Männlein, und stieß mit dem rechten Fuß vor Zorn so tief in die Erde, dass es bis an den Leib hineinfuhr. Dann packte es in seiner Wut den linken Fuß mit beiden Händen, und riss sich selbst mitten entzwei.

Fassen wir zusammen: Die Königin verspricht leichtfertig ihr erstes Kind, damit sie nicht stirbt. Sie versucht, das Versprechen zu brechen, und anstatt sich nun wenigstens selbst auf die Suche nach dem Namen zu machen, schickt sie Kundschafter in die Welt, die das für sie erledigen sollen. Das hört sich schlau an, aber hat sie einen Wachstumsprozess erlebt? Hat sie irgendetwas verstanden? Hat sie die Chance genutzt, von Rumpelstilzchen zu lernen? Es wenigstens gefragt, wie man eigentlich Stroh zu Gold spinnt oder was es mit dem Kind vorhat? Hat sie auch nur einmal aufrichtig gehandelt? Nein, sie täuschte zuerst den König, dann das Rumpelstilzchen.

Was hätte wohl die *kleine wilde Frau* in dieser Situation getan? Bestimmt hätte sie nicht versucht, die albernen Forderungen des Königs zu erfüllen, oder? Zum Beispiel hätte Rumpelstilzchen ihr, anstatt das Stroh zu Gold zu spinnen, helfen können, dieser ungesunden Situation zu entkommen, nicht wahr? Warum hat die Müllerstochter nicht gefragt, wie Rumpelstilzchen das Stroh zu Gold spinnt? Und ob es einen besseren Ausweg kennt? Wieso erlaubte sie überhaupt, dass ihre Kraft missbraucht wird? Weil sie sich als Opfer gesehen hat, natürlich, das war sie ja auch in dieser Situation – bis das Rumpelstilzchen kam.

An dieser Stelle wäre die Möglichkeit zum Aussteigen gewesen. Wenn sie selbst freiwillig mit ihm gegangen wäre oder von ihm gelernt hätte, wenn sie ihre wahre, magische, transformierende Kraft sinnvoll eingesetzt hätte, anstatt dem alten System der Habgier und des Opferdaseins zu dienen, hätte sie vielleicht ihr Kind nicht zu opfern brauchen. Aber dazu hätte sie aufhören müssen, es ihrem Vater recht machen zu wollen, seine Forderungen und Wünsche zu erfüllen. Sie hätte die Verantwortung für sich übernehmen und ihm und dem König eine Absage erteilen müssen. Sie hätte ihrem Vater zumuten müssen, selbst für das geradezustehen, was er dem König großspurig versprochen hatte. Erinnert dich das nicht an etwas? Trägst du nicht auch die ausgesprochenen und unausgesprochenen Wünsche und Träume deiner Eltern mit dir herum?

Die Müllerstochter dachte nicht weit genug, und am Ende hat sie den König und das Rumpelstilzchen übers Ohr gehauen – ein Pyrrhussieg. Die innere magische, alles verändernde Kraft schwindet und verwandelt sich in Wut; das kennen wir. Wie oft richten wir unsere Aggression, die uns befreien könnte, wenn sie an der richtigen Stelle wirken dürfte, gegen uns selbst? Wie oft bleiben wir in ohnmächtiger Wut gefangen, weil wir unser inneres Rumpelstilzchen, das für uns Stroh zu Gold spinnen und uns aus kraftraubenden Situationen erlösen kann, nicht um Hilfe fragen?

Wenn wir diese innere Kraft, ob wir sie nun Rumpelstilzchen oder *kleine wilde Frau* nennen, bitten, sich unseres inneren Kindes anzunehmen, es in den Wald schicken, es den guten Erdgeistern in die Obhut geben, was würde dann wohl passieren? Wir wären in Kontakt mit unserer eigenen, uns innewohnenden Erdverbundenheit. Wir wären tief in uns selbst verwurzelt, würden der wilden, unverfälschten Kraft zu wirken erlauben und könnten auch (oder gerade) in Beziehungen die Abhängigkeiten loslassen.

Hier trennt sich die Spreu vom Weizen. An diesem Punkt beginnen wir, uns wirklich zu öffnen, und jetzt stellt sich die wichtigste Frage, jene, die hinter den endlosen Debatten über Beziehungen und Treue wirklich steckt: »Bist du bereit, dich dem zu stellen, was ich in dir berühre; bist du bereit, über dich selbst hinauszuwachsen; bist du mutig und willens, deine inneren Begrenzungen zu überwinden, deine emotionale Komfortzone zu verlassen und dich in das Abenteuer zu stürzen, das auf dich wartet? Das Abenteuer, deine eigenen Grenzen zu erforschen, verletzbar zu sein und dennoch bei dir und bei mir zu bleiben. Bist du also bereit, etwas Größeres, Höheres zuzulassen, eine *heilige* Beziehung einzugehen?«

Wenn nicht, dann verlasse bitte den Raum. Ist der andere nicht bereit, dann sei dankbar, dass er dich an der Stelle, die Heilung braucht, berührt hat und gehe weiter. Der Prozess der Heilung setzt bereits ein, wenn du dich dafür entscheidest; dazu benötigst du den anderen nicht. Wenn einer der beiden nicht bereit ist, sich dem zu stellen, was in ihm berührt wird, dann ist es zwar schade, aber du als der Teil, der wachsen will, du wirst deinen Weg sowieso gehen, ob *mit* dem anderen oder *ohne* ihn. Du *kannst* seine Arbeit nicht erledigen; du kannst nur dein eigenes inneres Kind heilen, nicht seines.

Deshalb ist es wirklich wichtig zu verstehen, dass das Wichtigste, das Heilige bereits geschehen ist: Du bist dir selbst ein Stück nähergekommen und kannst von hier aus weitergehen. Geht der andere nicht mit, nun, das tut weh, aber bitte lasse ihn. Ohne sein »Ja« kann eure Beziehung nicht wachsen. Verschwende nicht deine Zeit damit, über Gebühr auf deinen Partner zu warten, gehe deinen Weg der Heilwerdung. Vielleicht trefft ihr euch an einer anderen Stelle wieder, vielleicht auch nicht. Du spürst, ob er mitkommt oder nicht, dein Herz weiß es. Dein Weg hängt nicht von seinem ab.

Zur richtigen Zeit wird dir ein Partner begegnen, der bereit ist, das nächste Stück mit dir – vor allen aber mit sich selbst – zurückzulegen. Letztlich ist eine Partnerschaft zwar ein gemeinsamer Weg, aber jeder hat seine eigenen Straße und seine eigenen inneren Wunden, um die er sich kümmern muss. So verzweifle nicht, wenn der andere nicht mitgeht. Es hat in den meistens Fällen nichts mit mangelnder Liebe zu tun, sondern mit Angst vor den eigenen Verletzungen. Weh tut es trotzdem, meine liebste Freundin, wenn du aus Liebe zu dir selbst allein weitergehen musst, oh, das weiß ich leider selbst sehr genau. Dennoch ist es richtig und das ist dir auch klar …

Liebe trägt hindurch, aber sie genügt nicht, wenn die Angst vor den Schmerzen im inneren Kind zu groß ist – oder wenn die Zeit noch nicht reif ist. Du weißt selbst, wie tragfähig etwas in dir bereits sein muss, damit du dich diesem Schmerz überhaupt zuwenden kannst.

Tust du es aber, dann schenkt es dir Kraft, Liebe und innere Freiheit in einem Ausmaß, das du dir gar nicht vorstellen kannst, solange du noch so sehr verletzt und einsam bist.

Manchmal ist es ein wenig schwierig zu erkennen, ob der andere mitgeht oder nicht. Doch du spürst, ob er offen ist, ob er in einen Prozess gerät, der einfach seine Zeit braucht oder ob er innerlich wirklich »Nein« sagt. Wenn du nicht sicher bist, dann nutze zum Beispiel die Technik des systemischen Familienstellens. Bestimmt gibt es auch in deiner Gegend Therapeuten oder Seminarleiter, die damit arbeiten – ansonsten verlasse dich einfach auf dein Gefühl. Aber Vorsicht: Auf dein Gefühl, nicht auf deine Ungeduld! Zuweilen sieht es aus, als käme der andere nicht mit; aber vielleicht zieht er sich nur ein wenig zurück, weil er selbst so berührt ist und in seine eigenen Prozesse kommt. Dann habe bitte Geduld und frage die *kleine wilde Frau* in dir, ob du nicht ein wenig abhängig geworden bist. Manchmal ist der Rückzug des einen die Chance für den anderen, die eigenen Abhängigkeiten und Kontrollmechanismen zu erkennen und zu versuchen, die Fürsorge für sein inneres Kind wieder selbst zu übernehmen. Dem anderen sollte er dann einfach mal für eine Weile seinen Freiraum lassen.

Aber nun zu der Frage, wie du dein inneres Kind der Obhut eines liebenden und fürsorglichen Rumpelstilzchens oder eben der *kleinen wilden Frau* überlässt.

Meditation: Das innere Kind zu dir zurückholen

Schließe bitte deine Augen und, entspanne dich ein wenig. Stelle dir eine magische, wunderschöne Landschaft vor, einen Wald, eine Wiese, vielleicht das Land der kleinen wilden Frau, so, wie du es dir erträumst oder vor deinem inneren Auge sehen kannst. Nun geh einen Weg entlang, einen Spazierpfad,- und sieh auf einer Lichtung dein inneres Kind sitzen. Es spielt vielleicht oder es sitzt einfach da und wartet auf dich. Bitte deine innere kleine wilde Frau, mit der du dich unterdessen sicher schon bekannt gemacht hast, sich des Kindes anzunehmen, es mit der natürlichen wilden und freien Energie vertraut zu machen. Erlaube bitte auch, dass sich das Kind verwandelt, falls es das will. Vielleicht ist es in Wahrheit ein Elfchen, ein lustiger Kobold, eine Fee oder ein anderes Naturwesen.

Schau, wie es sich anfühlt, wenn sich deine kleine wilde Frau des Kindes annimmt, wie anders es reagieren kann, wie unabhängig und frei es von deinem Partner werden kann! Nun stelle dir bitte deinen Partner vor oder den Mann, den du liebst oder auch deinen Vater, falls dir das richtig erscheint. Schau, ob sich ein Teil deines inneren Kindes bei ihm befindet; das sieht dann aus wie ein zweites Kind, das sich an ihn kuschelt oder einfach bei ihm steht. Gehe bitte hin zu dem Kind und nimm es in den Arm. Sage ihm, dass es den Mann oder den Vater so sehr lieben darf, wie es das will, dass es aber zu dir und zur kleinen wilden Frau gehört. Frage das Kind, ob es Lust hat, mit der kleinen wilden Frau zu gehen. Wenn es aber lieber bei dir bleiben will, dann erlaube ihm das. Sage ihm, dass du dich von nun an kümmern wirst und dass es bei dir gut aufgehoben ist, dass du es nie wieder alleinlassen wirst. Sieh, wie das Kind im Wald tanzt, wie es sich frei und ungehindert bewegt, wie es zu dem Mann oder deinem Vater hinrennt, sich aber nicht an ihn klammert, sondern ihm Liebe und Nähe schenkt, vielleicht ein Lachen, eine Blume, ein Funkeln seiner Augen; dann läuft es wieder in den Wald zurück und schöpft Kraft, folgt der unbändigen Energie der Natur. Hier spürt es sein wahres Wesen, hier in der Natur und bei der kleinen wilden, ungezähmten Frau fließt seine Energie. Verneige dich vor dem Mann, den du loslassen willst, sei es ein Partner oder dein Vater und nimm deine Energie zu dir zurück. Er kann dir nicht geben, was du brauchst, selbst wenn er es wollte. Die kleine wilde Frau aber, die kann es.

Du kannst dir sicher vorstellen, dass du sehr von deinem Partner abhängig wirst, wenn sich dein inneres Kind bei ihm aufhält. Gib es der *kleinen wilden Frau*, denn bei ihr ist es in den besten Händen. Sie weiß, was es braucht und sie hat die Kraft, für dich, für sich selbst und für das innere Kind zu sorgen, je nachdem, welcher Anteil berührt ist.

Wenn du lernen willst, der *kleinen wilden Frau* zu folgen, dann ist es ganz wichtig, dass du dir zunächst einmal alle, wirklich alle Gefühle erlaubst. Du kannst ihre Kraft nicht wahrnehmen, wenn du schon im Vorfeld zu kontrollieren versuchst, was du fühlen darfst und was nicht. Je nachdem, um was es geht, ist sie entweder ein bisschen liebevoller und weicher, oder auch unnachgiebiger und klarer als das normale Bewusstsein.

Nimm ein paar tiefe Atemzüge, wenn du mit ihr Kontakt aufnehmen willst, schließe die Augen, bitte sie und ihre Kraft, zu wirken und erlaube dir, alles zu fühlen, was du fühlst, auch wenn du dir diese Emotionen normalerweise nicht erlauben willst oder Angst davor hast. Es kann sein, dass du wütend wirst, traurig, aber auch, dass du auf einmal Mitgefühl und innere Ruhe spürst. Die *kleine wilde Frau* weiß um die Zyklen der Natur und kann mit vielem anders umgehen als das ängstliche, oft kontrollierende Ego. Sie weiß, wann es gilt, Geduld zu haben und den Dingen Raum zu geben. Sie weiß aber auch, wann es Zeit wird, Maßnahmen zu ergreifen, eine Situation zu beenden oder Klarheit zu schaffen. Sie ist nicht verblendet oder verbildet, und gerade das macht ihre Wildheit aus; sie weiß, wie die Dinge tatsächlich laufen, nicht wie sie idealerweise laufen sollten, damit sie einem inneren Hochglanzfoto entsprechen.

Außerdem brauchst du den inneren Freiraum zu sagen, was du jeweils zu sagen hast: »Ja«, »Nein«, »ich weiß es nicht« oder »vielleicht«. Lasse dich nicht unter Druck setzen – solange eine Entscheidung innerlich noch nicht gefällt ist, ist sie es eben noch nicht. Die *kleine wilde Frau* mutet anderen durchaus sehr viel zu – beispielsweise nicht stromlinienförmig zu sein und nicht zu funktionieren – aber gerade das aber macht sie viel verlässlicher und klarer, als du es dir vielleicht im Moment vorstellen kannst. Denn sie meint, was sie sagt und trifft mit ihrer Wahrnehmung meistens den Kern der Dinge. Und sie ist in der Lage, auch anderen den Raum zu geben, den sie brauchen, ohne sich selbst dabei zum Opfer zu machen.

So erlaube dir, nach innen zu lauschen, bitte die klare innere Stimme der *kleinen wilden Frau* ausdrücklich, dir in Form eines Gefühls, eines inneren Bildes oder einer hörbaren inneren Stimme zu antworten. Dann kann es sein, dass du auf einmal ganz einfach weißt, was zu tun ist. Es fühlt sich kraftvoll an und es macht dich ruhig.

Das ist immer so, wenn du eine innere Gewissheit wahrnimmst.

Sie macht dich ruhig, daran erkennst du sie. Gib ihr eine Stimme, wenn du magst, setzt dich hin, nimm dir etwas zu schreiben, stelle dir die Figur der *kleinen wilden Frau* vor und frage sie ganz direkt. Es ist sinnvoll, sie in irgendeiner Form auch verkörpert zu sehen: als Puppe, als Skulptur, als Bild, als Symbol, als irgendetwas, das dich mit deiner eigenen wilden Natur verbindet. Sie muss nicht unbedingt wild aussehen. Wenn du magst, kannst du dir auch selbst eine *kleine wilde Frau* basteln oder eine alte Barbiepuppe verändern. Hauptsache, du hast das Gefühl, sie entspricht deiner eigenen inneren Landschaft. Alles ist gut und hilfreich, was dich an lebendige, unverbrauchte Urkraft erinnert. Wenn du möchtest, dann erfinde ein Ritual für sie oder möglicherweise gefällt dir folgende Meditation, die du vielleicht aus dem Buch »Was dir Kraft gibt« kennst:

Der Erdtopf der kleinen wilden Frau

Nimm dir einen schön geformten Topf, eine Schale oder einen bauchigen Tontopf. Ein Blumenübertopf oder eine hübsche Pflanzschale wären zum Beispiel wunderbar. Auch eine alte Teekanne oder ein Glaskrug können gute Dienste leisten. Hauptsache, sie gefallen dir wirklich. (Nimm bitte keine Schale nur deshalb, weil sie da ist und du sowieso nicht weißt, was du mit ihr machen sollst.) Wasche den Topf bewusst mit Wasser aus, verbinde dich dabei mit deiner inneren kleinen wilden Frau. Und dann frage sie einfach, was sie haben will. Fülle alles in diesen Erdtopf, das dich mit wilder Kraft verbindet:

Vielleicht bestimmte Kräuter, Erde natürlich, Steine, oder du legst auch ein paar Samenkörner hinein, damit etwas wächst, vielleicht ein paar Tropfen Blut … Alles, was dich an deine ursprüngliche Kraft erinnert, gehört in diesen Erdtopf. Es ist DEIN Topf. Fülle wirklich alles hinein, was du willst – vielleicht auch ein Amulett oder einen Ritualgegenstand. Die kleine wilde Frau kennt kein Richtig oder Falsch, sondern nur stimmig oder nicht stimmig.

Wenn dein Erdtopf für heute fertig ist (wahrscheinlich verändert er sich immer wieder und das darf er auch, damit er lebendig bleibt), dann schreibe alles, was du der kleinen wilden Frau übergeben willst, auf einen Zettel und lege ihn in den Erdtopf hinein. Benenne die Ängste, die Sorgen, die Befürchtungen, das allzu besorgte und vorsichtige und ängstliche Verhalten. Beschreibe die Eigenschaften, die du ändern willst, in aller Ausführlichkeit oder schreibe einfach nur den Lebensbereich auf, kurz und knapp, so, wie es dir entspricht. Wenn du dein inneres Kind in die Obhut der kleinen wilden Frau geben willst, dann besorge dir vielleicht ein ganz kleines Püppchen und lege es achtsam mit in den Erdtopf, aber nur, wenn es sich wirklich gut, geborgen und kraftvoll anfühlt, denn du willst dein inneres Kind ja nicht mehr alleine lassen.

Die Kraft der kleinen wilden Frau wird sich nun um diese Lebensbereiche kümmern. So wundere dich nicht, wenn du auf einmal andere Gefühle und Gedanken hast oder neue Verhaltensweisen an den Tag legst!

Erlöste, freie Liebensbeziehungen sehen anders aus. In ihnen werden keine Kämpfe mehr geführt. Es fließt einfach. Vielleicht spürst du noch Angst, aber du spürst auch: Das sind die Nachwehen all der vergangenen Beziehungen, das hat nichts mehr mit der aktuellen Situation zu tun. Das innere Kind bleibt friedlich und glücklich bei dir und die Frau, die du bist, führt die Beziehung, nicht die unerlöste, nicht wahrgenommene Tochter. Im besten Falle triffst du einen Mann, der selbstverantwortlich mit sich umgeht; der seinen inneren wilden Mann kennt und ihm Raum gibt; der seine männliche Energie spürt und lebt und somit das Gegengewicht, den anderen Pol eures neuen Energiefeldes bildet.

In einer erlösten Liebesbeziehung erfährst du dich als Frau. Du bekommst Raum, dich zu spüren. Die Wunden in dir dürfen heilen, weil du dich frei bewegen kannst – nicht, weil der andere dir ein Pflaster daraufklebt und versucht, dir zu geben, was dein Vater nicht hatte, sondern weil er es versteht und dir Raum für deine Gefühle gibt.

Die *kleine wilde Frau* kann sich entspannen und darf wirken: sei es in eurer Sexualität; in der Art, wie du ihm zeigst, dass du ihn liebst; in der Art, wie du weiterhin für dich sorgst und ihm in Klarheit und Aufrichtigkeit begegnest; in der Art, wie du ihn hältst, ihm Raum gibst, ihn nährst (wie er auch dich nährt) und für ihn da bist.

Wenn du innerlich frei wirst, wenn die *kleine wilde Frau* all den co-abhängigen, dysfunktionalen (d.h. gestörten) Beziehungsstrukturen eine Absage erteilt, wenn du lieber allein bleibst als dir noch einen Mann zurechtzutherapieren, wenn du beim leisesten Hauch deiner inneren Warnstimme reagierst und innerlich bereits bei dem Gedanken müde wirst, wieder und wieder all diese Schwierigkeiten durchzustehen: Dann kann es gut sein, dass dir – zwar sehnlich erwartet, aber dennoch völlig unverhofft – ein Mann gegenübersteht, bei dem du auf einmal spürst, dass du deinen Kampf nicht mehr zu kämpfen brauchst.

Wenn die Zeit reif ist (und die *kleine wilde Frau* weiß genau, wann das ist), dann öffnen sich die Tore des Lebens ganz von allein. Dann sind die hundert Jahre Dornröschenschlaf vorbei und auch der reale Prinz kann kommen. Sicherlich wirst du dann erst spüren, wie sehr du dich angestrengt hast, wie hoch deine inneren Mauern geworden sind, wie tief verletzt und enttäuscht du bist – aber all das schmilzt einfach so dahin, wenn du endlich spürst, dass das Energiefeld offen und weit ist.

Du brauchst nicht erst *vollkommen* erlöst zu sein, um endlich den Mann zu treffen, mit dem du eine wahrhaft erfüllte Liebesbeziehung führen kannst. Aber dein deutliches und auch in der Praxis, im Außen, erprobtes »Nein« zu allem, was dich nicht mehr nährt, auch wenn es dich noch so sehr verführt, das ist bis auf Ausnahmefälle unerlässlich. Das Alte loszulassen, damit das Neue kommen kann, dieser Prozess findet in dir selbst statt und ist von außen oft kaum wahrnehmbar. Wie auch immer dein Leben von außen aussieht; du spürst und weißt, wenn du innerlich durch einen Prozess hindurchgegangen bist. Dann kommt meistens die Prüfung, die Verführung der Schlange: Willst du nicht doch noch einmal in die alten Muster tappen? Willst du dich wirklich nicht mehr anstrengen? Willst du nicht doch noch einmal versuchen, einen Frosch zu küssen?

Diese Herausforderung dient deiner Seele, damit überprüft sich dein Bewusstsein letztlich einfach selbst. Wenn du nun dieses tiefe »Nein« spürst und lieber in die Leere hineinfällst, lieber allein bleibst als »es passend zu machen«, dann triumphiert die *kleine wilde Frau*. Ihre Freudenschreie spürst du bei aller Leere mitten im Herzen – und dann ist der Weg frei. Dann kümmert sich »das Außen« um sich selbst, denn wie du sicher weißt, folgen die äußeren Ereignisse deiner Energie – anders ist es gar nicht möglich.

Es kann sein, dass du dir so sehr einen Mann wünschst, dass du lieber einen für dich falschen nimmst und dich in der Hoffnung wiegst, er könnte doch noch irgendwann »der Richtige«

werden, damit du ja nicht in deine innere Leere hineinfällst. Es sei dir gegönnt, denn diese innere Leere kann so massiv sein, dass du erneut in einen Schock fällst und das dient niemandem. Irgendwann aber wirst du spüren, dass du bereit wirst, lieber die Leere auszuhalten und sie nach und nach mit dir selbst anzufüllen, als dich in den alten, zum Sterben langweiligen Kämpfen zu verstricken.

Wenn du der *kleinen wilden Frau* in dir immer wieder erlaubst, dir die Frage »Will ich das?« zu stellen und wenn du sie immer wieder ehrlich beantwortest, kannst du gar nicht anders, als zu genesen, stabil und lebendig zu werden, denn sie hat wahrhaft magische innere Kräfte. Vertraust du ihr das Zepter an, führt sie dich unweigerlich auf den Weg der Befreiung. Sie führt dich durch alles hindurch, was erlöst werden will, hinein in ihr Land, in dem erfüllte, freie, glückliche und stabile Liebesbeziehungen schon allein deshalb möglich sind, weil sie dem Gesetz des Lebens entsprechen.

Aschenputtel und das beschämte Selbst

Du lebst immer noch allein oder in einer leblosen Partnerschaft, obwohl du die Themen, die dein Vater in dein Leben brachte, soweit verarbeitet hast? Du bezeichnest deinen Beruf ganz bewusst als »Job«, weil er so gar nicht deiner gefühlten Bestimmung entspricht? Und die *kleine wilde Frau* in dir langweilt sich zu Tode, wartet nur auf ihre Stunde? Du willst endlich das Ballkleid anziehen, in die hohen Schuhe schlüpfen und die Party beginnen? Du bist gleichzeitig lebensmüde und hungrig nach Leben? Du spürst dich nicht, fühlst dich immer irgendwie schuldig, klein, minderwertig, weißt nicht, wie du aus deinem eigenen Schatten heraustreten sollst? Auf die Frage »Will ich das?« gähnt die *kleine wilde Frau* in dir nur und zieht ihren Kaugummi lang?

Nun, liebste Freundin. Reden wir über deine Mutter. Denn der Schatten, den du vergeblich zu erleuchten oder auch hinter dir zu lassen versuchst, ist sicherlich nicht nur dein eigener. Schaue dir bitte für ein paar Augenblicke die *kleine wilde Frau* deiner Mutter an, frage dich, wie oft sie sich die Frage »Willst du das?« erlaubt, ja, ob sie diese Frage überhaupt kennt. Betrachte die *kleinen wilden Frauen* deiner Ahninnen und was mit all den Frauen geschah, wenn sie diese tatsächlich einmal zu Wort kommen ließen. Auf der Stelle wirst du dich sicher nicht mehr wundern, warum es dir so schwerfällt, deiner eigenen Energie zu folgen.

In vielen Büchern gehen wir zusammen in die Tiefe, schauen nach dem inneren Kind und der Familiengeschichte, den Dramen, die deine Familie trägt und die du ausbaden musst. Hier suchen wir nach dem inneren Ort der Kraft, lassen die Geschichten Geschichten sein und konzentrieren uns nur auf das, was helfen kann.

Berufen wir doch eine Konferenz ein! Lassen wir die *kleinen wilden Frauen* deiner Ahninnen zu Wort kommen und Lösungen für dich finden, ja? Auch damit heilst du deine Familiendramen, erlöst die weiblichen Familiengeschichten, löst die strengen Fesseln der weiblichen Ohnmacht.

Meditation: Die Konferenz der kleinen wilden Frauen

Schließe bitte deine Augen, entspanne dich ein wenig, lehne dich zurück und erlaube dir, nach innen zu lauschen.
Stelle dir bitte eine wunderschöne Herbstlandschaft vor. Es ist Nacht, der Vollmond scheint, und etwas in dir fühlt sich sehr verbunden mit dieser Kraft. Der Vollmond erleuchtet dir den Weg.

Du gehst einen kleinen Pfad entlang, spürst die besondere Magie dieser Nacht, spürst die Kraft des Abschieds, der in der Luft liegt, des Loslassens, aber auch des Neubeginns. Die Tiere der Nacht begegnen dir, schauen dich mit ihren leuchtenden Augen an und grüßen dich still. Du gehst weiter, spürst, wie du innerlich mehr und mehr in Kontakt kommst mit deiner ursprünglichen, zutiefst weiblichen Kraft. Mehr und mehr entspannst du dich. Irgendwann erreichst du eine Lichtung. Hier brennt ein Lagerfeuer, um das viele kleine wilde Frauen sitzen. Sie scheinen dich zu erwarten und sie strahlen eine heilige, andächtige Stille, Ernsthaftigkeit und machtvolle weibliche Kraft aus. Du siehst, dass ein Platz am Feuer ist noch frei ist weißt:

Das ist dein Platz. Du gehst darauf zu, fühlst dich vielleicht ein wenig unsicher, aber spürst auch, du bist hier willkommen. Diese Feier gilt dir und deinem Leben. Heute bekommst du eine wichtige Information, wenn nicht gar eine Ermächtigung. Du spürst, etwas Großes wartet auf dich und du setzt dich still an deinen Platz.

Eine alte, sehr kraftvolle kleine wilde Frau steht auf. Sie heißt dich sehr herzlich willkommen und verneigt sich gar vor dir. Sie sagt, sie alle hätten einen Auftrag für dich und deshalb hätten sie diese Konferenz einberufen.

Das Feuer lodert hell auf und die alte kleine wilde Frau sagt dir Folgendes:

»Seit Anbeginn der Zeit trägt unsere Linie eine besondere Aufgabe, ein schweres Päckchen, eine Frage an das Leben. Deine Mutter, deine Großmutter, all deine Ahninnen, vielleicht auch deine Schwestern und möglicherweise deine Töchter tragen diese besondere Last. Sie ist euch so sehr vertraut, dass ihr sie gar nicht bewusst wahrnehmt. Und doch spürt ihr immer wieder, dass das Leben manchmal leichter sein dürfte, freier.

Ihr habt eure Aufgabe mit Bravour erfüllt, habt all die Erfahrungen gemacht, zu denen ihr euch bereit erklärt habt. Aber jetzt dient euch diese Bürde nicht mehr und es wird Zeit, sie loszulassen.«

Nun steht deine eigene innere kleine wilde Frau vor dir. Sie hat am Feuer auf dich gewartet und verneigt sich vor dir.

Auf einmal erkennst du, dass das Gesagte wahr ist. Du trägst eine Last, auch wenn sie dir bislang gar nicht bewusst oder einfach zu vertraut war. Du weißt vielleicht nicht einmal genau, worin sie besteht und wo sie in dir verankert ist; aber du spürst: ich bin bereit, sie loszulassen. Deine kleine wilde Frau berührt dich ganz sanft an der Stelle, an der diese Last in deinem Körper verankert ist. Sehr achtsam löst sie diese Energie aus dir heraus, wie einen Schatz, und während sie das tut, spürst du vielleicht bewusst, worin deine Aufgabe, die Aufgabe aller Frauen deiner Ahninnenreihe, bestand. Es kann sein, dass sie dir sehr vertraut ist. Möglicherweise ist es aber ein Aspekt, an den du bislang noch nicht gedacht hast und du erkennst erstaunt, was du da eigentlich die ganze Zeit mit dir getragen hast. Vielleicht ist erst jetzt die Zeit gekommen, auch diese Bürde loszulassen, egal, wie lange du dich bereits mit »Loslassen« beschäftigst.

Deine kleine wilde Frau nimmt die Energie in Form eines Symbols, vielleicht auch eines inneren Wissens, aus dir heraus, verneigt sich vor dir – und verneigt sich vor der kleinen wilden Frau deiner Mutter.

Nimm wahr, wie die Energie aussieht, wie sie sich anfühlt, und sieh, wie deine kleine wilde Frau sie weiterreicht. Auch die kleine wilde Frau deiner Mutter verneigt sich, gibt die Bürde an die nächste Ahnin weiter – und so vollzieht sich ein Reigen, ringsum im Kreis, bis diese Energie bei der ältesten kleinen wilden Frau angekommen ist. Sie spricht eine Formel, die du hörst oder auch nicht, einen Satz, ein Wort, und übergibt die Energie, das Symbol, die Bürde dem hoch auflodernden Feuer. Dies verändert für kurze Zeit seine Farbe – Funken steigen auf, du fühlst diese tiefe Erleichterung, vielleicht aber auch ein wenig Abschiedswehmut. Hat dich doch diese hohe Aufgabe mit all den kleinen wilden Frauen deiner Ahninnen fest und tief verbunden …

Bleibe am Feuer sitzen, spüre die Erleichterung, die Befreiung, aber auch die Verbundenheit mit all den kleinen wilden Frauen deiner Ahninnen. Wenn es eine Information gibt, die jetzt wichtig für dich ist, dann wird sie im Feuer aufsteigen und dir zugänglich werden.

Wenn es richtig für dich ist, komme nun langsam zurück in den Raum, in dem du liegst. Spüre deinen Körper wieder, ganz sanft, ruhe dich aus und fühle die Kraft, die dich durchströmt, und mit der du endlich deinen eigenen Weg gehen kannst.

Vielleicht kannst du nun deiner Mutter mit mehr Achtung, Liebe und Verbundenheit begegnen? Gewiss ist dazu noch mehr Heilung nötig. Aber sicher wirst du frei, dennoch deinen Weg zu gehen und der *kleinen wilden Frau* Gehör zu schenken.

Wozu dient es eigentlich, dich selbst immer wieder zu lähmen und der dringenden inneren Stimme nicht zuzuhören? Wozu dient es, dich etwa wie Aschenputtel zu fühlen und zu verhalten? Aschenputtel hatte machtvolle Kräfte auf ihrer Seite, so die Vögel, die ihr halfen, die schwierigen Aufgaben zu bewältigen. Außerdem gab es den Nussbaum, den es auf das Grab der Mutter gepflanzt hatte (den Zweig hatte der Vater von einer Reise mitgebracht), und der ihr alles schenkte, was sie brauchte, um zum Ball gehen zu können. Aber seien wir einmal ehrlich: Wären ihr diese Kräfte nicht auch zur Seite gestanden, wenn sie sich nicht als Opfer in den Staub gekniet hätte? Kann es wirklich sein, dass uns die Kräfte der Natur, der Magie, des Lichtes, nur dann zur Verfügung stehen, wenn wir uns klein machen und uns herumkommandieren lassen? Häufig wird das Märchen wie folgt interpretiert:

Das harte Leben, das Aschenputtel durch die Stiefmutter und Stiefschwester führen muss, und wie sie damit umgeht, zeigt uns: Hilflosigkeit, Abhängigkeit und Ausbeutung können wir nicht durch Auflehnung abwerfen, sondern allein durch das Annehmen in LIEBE und DEMUT: Aschenputtel lehnt sich nicht auf, sondern erfüllt ihre Pflichten gewissenhaft, und dabei hat sie alle HILFE der LIEBENDEN KRÄFTE der Natur (Tauben), sodass das Unrecht in seiner krassen Gesamtheit auf die bösen Verursacher zurückfällt (= Karma).

Wie wäre es damit: Aschenputtel wusste tatsächlich nicht, wie sie sich aus ihrem Los befreien sollte. Und das war ja auch kein

Wunder, hatte sie doch die beiden wichtigsten Kräfte ihres Lebens verloren: Die Mutter war gestorben und der Vater nicht mehr erreichbar. Sie war vielleicht nicht bewusst demütig und hilflos, sondern vielmehr traumatisiert und einsam und konnte eben nicht auf die *kleine wilde Frau* hören. Doch sie wurde nicht belohnt, sondern etwas anderes geschah, ein Wunder:

Als sie aus der Opferrolle ausstieg und ihr Leben in die Hände nahm, als sie entschied, dass es nun genug sei und dass sie nicht mehr alles allein zu tun bereit war; als sie dann am Grab ihrer Mutter um Hilfe bat, da erschien Hilfe! Nicht als *Belohnung*, sondern als *Antwort auf ihre Bitte*. Nicht, weil sie demütig war, sondern weil sie endlich aufhörte, sich als Opfer zu sehen. Erst, als sie sich eben nicht mehr beugte, sondern ungehorsam wurde, bekam sie Hilfe und ihr Leben änderte sich! Auch zu beten bedeutet in gewisser Weise, sich aufzulehnen und »Nein« zu sagen. Immer dann, wenn wir die Verantwortung für unser Leben in die eigenen Hände nehmen und um Veränderung bitten, verlassen wir die Sackgasse, in die uns die Umstände oder unsere Verhaltensweisen hineinmanövriert haben.

Die Kraft der Mutter, die Kraft der Natur, die ursprüngliche weibliche Kraft ihrer Seele halfen ihr, als sie bereit war, diese Hilfe anzunehmen. Aber den ersten Schritt musste sie selbst gehen – sei es, dass sie zum Grab ihrer Mutter lief oder dass sie, als sie Linsen aus der Asche lesen sollte, um Hilfe bat und die Fenster öffnete. Diese Fenster könnten symbolisch wunderbar für ihre Chakren stehen, auch wenn es ursprünglich vielleicht nicht so gedacht war. So lautet die Botschaft: Öffne dich, bitte um Hilfe, gehe dahin, wo echte Kraft fließt, wo du wirklich geliebt wirst (in diesem Fall an das Grab der Mutter, wo der Haselstrauch stand, ein hervorragendes Symbol für die Vereinigung männlicher und weiblicher Energie!), dann wirst du nicht nur mit allem versorgt, was du brauchst, sondern darüber hinaus mit allem, was dich frei macht. Das prächtige Kleid ermöglichte ihr den Besuch des Balls, auf dem sie den (inneren !!!) Prinzen kennenlernte und somit der lieblosen häuslichen Situation entkommen konnte.

Schauen wir uns noch einmal den Vater an, damit wir nicht die gute männliche Kraft vergessen. Als er auf eine Reise ging, fragte er Aschenputtel, was er ihr mitbringen sollte und sie sagte: »Vater, das erste Reis, das Euch auf Eurem Heimweg an den Hut stößt, das brecht für mich ab.« Der Zweig stieß an seinen Hut, er brach ihn ab und schenkte ihn Aschenputtel. Was also geschah? Die männliche Kraft nahm Aschenputtel ernst, handelte intuitiv, hinterfragte nicht, sondern diente ihrem Willen, so wie auch die weibliche Kraft es tat – als sie um Hilfe bat, bekam sie diese. Letztlich hält Aschenputtel also die Fäden in der Hand, auch wenn sie noch so sehr das Opfer zu sein scheint. Sowie sie ihren Willen, ihre Absichten, ihre spirituelle Freiheit, ihre Selbstbestimmung einsetzte, änderte sich ihr Leben.

Lesen wir zur Erinnerung noch einmal folgenden Abschnitt:

Es trug sich zu, dass der Vater einmal in die Messe ziehen wollte, da fragte er die beiden Stieftöchter, was er ihnen mitbringen sollte. »Schöne Kleider«, sagte die eine, »Perlen und Edelsteine« die zweite. »Aber du, Aschenputtel«, sprach er »was willst du haben?« »Vater, das erste Reis, das Euch auf Eurem Heimweg an den Hut stößt, das brecht für mich ab.« Er kaufte nun für die beiden Stiefschwestern schöne Kleider, Perlen und Edelsteine, und auf dem Rückweg, als er durch einen grünen Busch ritt, streifte ihn ein Haselreis und stieß ihm den Hut ab. Da brach er das Reis ab und nahm es mit. Als er nach Haus kam, gab er den Stieftöchtern, was sie sich gewünscht hatten, und dem Aschenputtel gab er das Reis von dem Haselbusch.

Aschenputtel dankte ihm, ging zu seiner Mutter Grab und pflanzte das Reis darauf und weinte so sehr, dass die Tränen darauf niederfielen und es begossen. Es wuchs aber und ward ein schöner Baum. Aschenputtel ging alle Tage dreimal darunter, weinte und betete, und allemal kam ein weißes Vöglein auf den Baum, und wenn es einen Wunsch aussprach, so warf ihm das Vöglein herab, was es sich gewünscht hatte …

Aschenputtels scheinbar bescheidener Wunsch war äußerst klug, denn sie wusste, was sie brauchte und bat den Vater, ihrem Weg in die Freiheit zu dienen. Ohne das Haselreis hätte es keinen Haselstrauch auf dem Grab ihrer Mutter und ohne den Haselstrauch keine Kleider gegeben ... Sie nutzte also weise ihre Möglichkeiten, verstrickte sich nicht in den Kampf mit der Stiefmutter, sondern ging in aller Stille, unbemerkt und damit ungestört ihren eigenen Weg in die Freiheit. Das war nur möglich, weil sie mit dem ursprünglichen inneren Anteil, der *kleinen wilden Frau*, in gutem Kontakt geblieben war und sich von ihrer inneren Weisheit führen ließ.

Wie können wir das für uns umsetzen? Immer dann, wenn du der *kleinen wilden Frau* Raum gibst, wenn du ihr erlaubst, ihr »Nein« auszusprechen, auch wenn du selbst es nicht kannst, also immer dann, wenn du (zumindest ganz heimlich, still und leise) rebellierst, öffnet sich eine Tür.

Lasse uns jetzt bitte über das Neinsagen reden.

Warum tun wir uns eigentlich überhaupt so schwer damit? Vielleicht sagst du auch grundsätzlich zunächst »Nein«, und dir fällt eher das Jasagen schwer. Dann hast du dir einen funktionierenden Schutzpanzer zugelegt, eine Art emotionale Magersucht vielleicht, die sich durch das »Nein« erst einmal Raum verschafft, um in aller Ruhe zu spüren, was du willst. Du weißt allerdings selbst, wie schwierig es ist, aus dieser Falle herauszukommen und das »Ja« dann doch zuzulassen. Die *kleine wilde Frau* in deinem Inneren hüpft begeistert in dir herum und freut sich und du weist sie in die Schranken aus Angst davor, enttäuscht zu werden – ist eventuell gerade das dein Programm?

Also: Warum tun wir uns so schwer? Es sollte doch kein Problem sein, denn wir spüren das innere »Ja« oder »Nein« schließlich in dem Moment, in dem jemand mit seinem Anliegen zu uns kommt, oder? Wenn du es nicht spürst, dann nur deshalb, weil du es dir gründlich abtrainiert hast oder innerlich gar nicht anwesend bist. Die *kleine wilde Frau* kennt deine innere Wahrheit ganz genau und zeigt dir das »Ja« durch Freude und einen Energieschub. Innere Schwere und plötzliche Müdigkeit sind Anzeichen, mit denen sich ein »Nein« ausdrücken kann.

Nun, wie wäre es mit dieser Erklärung:

Bevor wir als Menschen auf die Erde kamen, waren wir ganz selbstverständlich und mit jedem Teil unserer Energie angeschlossen an die kosmische Ordnung, an die reine spirituelle Schöpferkraft, an die geistigen Gesetze. wir standen ausschließlich im Dienst der Liebe und der Lichtkraft. Wir lebten in der Einheit, nicht in der Dualität. Es gab nichts zu entscheiden, weil wir den Impulsen folgten; denn der Strom der kosmischen Ordnung konnte ungehindert und frei durch uns hindurchströmen und unser Handeln bestimmen – falls das Wort »Handeln« in diesen Dimensionen überhaupt zutrifft. Wir waren der Strom der kosmischen Ordnung, es gab nichts anderes. Die Impulse strömten in uns ein und wir reagierten, ganz einfach, und weil wir in der Einheit lebten, gab es nichts zu entscheiden, denn es gab keine Wahl, nur den Fluss des Lebens.

Warum wir also nicht »Nein« sagen können? Weil es in keiner Dimension – außer hier auf der Erde – überhaupt nötig ist! Vielleicht stimmt das nicht ganz. Möglicherweise gibt es andere Daseinsformen, die wie wir in der Dualität leben. Können wir uns aber darauf einigen oder es zumindest als eine von vielen Erklärungen gelten lassen, dass wir deshalb Schwierigkeiten mit scheinbaren Grenzen haben, weil sie, wenn wir in der Einheit, im Strom des Lebens fließen, nicht nötig sind?

(Ich rede von »scheinbaren« Grenzen, weil auch ein »Nein« keine wirkliche Grenze zieht, sondern schlicht deine momentane Wahrheit zeigt. Das »Nein« geht nicht gegen den Anderen, sondern spiegelt deinen eigenen Fluss. Das, was der Andere braucht, kommt dann eben aus einer anderen Quelle, nicht durch dich. Wir empfinden ein »Nein« aber als Grenze, deshalb nutze ich hier dieses Wort.)

Engel, Elfen, Naturgeister, Feen setzen keine Grenzen! Wem auch? Entweder die Energie fließt oder nicht, da gibt es nichts zu entscheiden, da gibt es nichts »passend zu machen« oder zu verweigern. Weil sie (außer von uns Menschen) erst gar nicht gefragt werden, ob sie bereit sind, ihre Energie zur Verfügung zu stellen, brauchen sie auch nicht »Ja« oder »Nein« zu sagen. Ihre Energie fließt automatisch dahin, wo sie benötigt wird und das fühlt sich sehr natürlich und stimmig an – für Engel, für Naturgeister, wie auch für uns. Dort, wo deine Energie ganz leicht und wie von selbst hinfließen will, spürst du auch keinen Widerstand, sondern lebendige Kraft und ein Gefühl, dass es richtig ist. Es ist die Frage, ob wir zur Verfügung stehen, die uns aus dem Gleichgewicht wirft. Sie scheint zu bedeuten: Es gibt eine Möglichkeit, zu entscheiden, wohin die Kraft fließt. Aber das stimmt nicht. Du kannst nicht entscheiden, wohin der Strom deiner Kraft fließen will; du kannst ihm nur folgen oder eben nicht. Dein Herz und deine Seele entscheiden, nicht dein Wille. Wenn du eine Frage aber nicht als Möglichkeit zur Wahl auffasst, sondern als wahrhaftige Frage nach deinem Strom, dann bleibst du bei dir.

Ein Beispiel:

Deine Freundin fragt dich, ob du nächstes Wochenende kommen und auf ihre Kinder aufpassen kannst. Wenn du diese Frage nun nicht als Aufforderung oder gar Auftrag, sondern als Frage anerkennst, dann kannst du bei dir bleiben und auf deine Antwort lauschen, auf den Strom, der durch dich hindurchfließen will. »Will ich das?« fragst du die *kleine wilde Frau* als Vertreterin deiner natürlichen Lebenskraft. Die Antwort ist dann nicht deine, sondern die des großen, universalen Kraftstromes – du verstehst den Unterschied? Du spürst entweder ein leichtes, freies »Ja« oder ein genauso leichtes, freies »Nein«. Das ist keine Absage an deine Freundin, sondern eine Information darüber, wie deine Energie fließen will. Das ist eine völlig andere Art, mit deiner Energie umzugehen, erkennst du das? Die Hilfe, die deine Freundin braucht, wird kommen; aber du hast an diesem Wochenende möglicherweise einen anderen göttlichen Auftrag. Das alles kannst du natürlich nur dann umsetzen, wenn du frei bist von der Angst, abgelehnt zu werden, falls du nicht zur Verfügung stehst; wenn du dem göttlichen Strom der Liebe und Fülle vollkommen vertraust.

Geistige oder spirituelle Wesen sagen weder »Nein« noch »Ja«, sie SIND das »Ja«. Das Licht, die Liebe, aus der wir alle stammen, ist dem Wesen nach grenzenlos. Wir sind eins mit allem, wie können wir also »Nein« sagen? Das »Ja« ist unsere Natur. Das Leben ist ein einziges »Ja«, es fließt im Strom der ewigen geistigen Gesetze, gegen wen sollte es sich abgrenzen? Erst in der Dualität, in der scheinbaren Trennung, müssen wir entscheiden, spüren wir Grenzen, kämpfen wir um Energie, um Aufmerksamkeit, Geld, Liebe. In der Dualität gibt es das Konzept der Fülle und des Mangels, der Freiheit und der Enge, des »Nein« und des »Ja«. Das IST die Dualität, das ist ihr Wesen. Natürlich können wir damit nicht umgehen. Es ist ein für geistige Wesen, die wir ja nun einmal alle sind, völlig unnatürlicher Zustand, sich gegen etwas oder jemanden abgrenzen zu müssen oder Grenzen aufgezeigt zu bekommen. Genauso ist es ein sehr ungewohnter Zustand, dass uns jemand gegen unseren Willen Energie rauben will. Ja, dass wir überhaupt gefragt werden, ob wir zur Verfügung stehen, ist schon sehr merkwürdig. Normalerweise weiß der Strom selbst, wie er fließen soll; niemand fragt dich, weil jeder den gleichen Strom spürt.

Besonders ungewohnt ist es, dass uns zeitweise nicht genug Energie und Liebe zur Verfügung stehen, nicht genug Geld, Möglichkeiten, für uns zu sorgen, uns auszudrücken, dass der Strom der Kraft also begrenzt zu sein scheint. Das ist ein völlig absurder Zustand, und es ist überhaupt kein Wunder, dass er uns in Panik versetzt, weil das nicht natürlich ist. So etwas gibt es in feinstofflichen Daseinsformen nicht. Wir sind immer umströmt und durchflossen von göttlicher, führender Lebensenergie. Dass es hier auf der Erde anders zu sein scheint, bringt uns in genau jenen Zwiespalt, der uns so müde und schwer sein lässt, der uns vor jene schwierigen Entscheidungen stellt, die die Dualität eben ausmachen – oder ausgemacht haben.

Du willst »Ja« sagen, spürst aber, in dir gibt es auch das »Nein«. Du kannst nicht, willst nicht, hast nicht die Energie dazu, spürst: Der andere muss selbst die Verantwortung übernehmen. Einer muss es ja tun, also stellst du dich dennoch zur Verfügung, damit es getan wird. Du dienst damit dem Fluss des Lebens, glaubst du; es muss weitergehen und irgendjemand MUSS sich ja kümmern

… Ja und nein. Wenn es nicht dein Auftrag ist, liebste Seele, und das spürst du an diesem inneren Widerstand, an dieser Unlust, dann nutzt es dem Universum und dem Leben nichts, wenn du es tust. Es ist nicht nur wichtig, *dass* etwas getan wird, sondern auch und erst recht, *durch wen* das geschieht. Letztlich geht es nicht um die Handlung selbst, sondern um die Bewusstseinsentwicklung und Selbstverantwortung des anderen.

Das bezieht sich vor allem auf Situationen, in denen du haderst und spürst: Eigentlich wäre das nicht meine Aufgabe. Wenn du jemanden in echter Not siehst, ist es dagegen gleichgültig, wer hilft, dann muss einfach gehandelt werden. In solch einem Fall spürst du aber auch den drängenden Impuls dazu. Du erkennst deine Aufgaben, deinen Fluss, an der Intensität der Energie und an der Dringlichkeit, mit der du deinen Impuls spürst. (Vorsicht, auch co-abhängige Impulse sind äußerst dringlich. Hier schwingen aber immer auch diese Verzweiflung und das Gefühl von Hoffnungslosigkeit und Schwere mit. Die *kleine wilde Frau* sagt dann dennoch »Nein« und das spürst du auch.)

Also. Willkommen auf der Erde, dem Planeten der Dualität, der Grenzen und des freien Willens. Du brauchst die Dualität nicht handhaben zu können, denn du bist ja hier, um sie zu erfahren. Dein Konflikt ist bereits die Erfahrung, genau wegen dieses Konfliktes hast du dich inkarniert, genau diese Erfahrung war es, die du machen wolltest!

Noch einmal: In höheren Dimensionen brauchst du dich nicht abzugrenzen und zu entscheiden, denn es gibt nur eine Möglichkeit: Du fließt mit der göttlicher Ordnung und bist von allem durchströmt, was du nur brauchst, um diese Bewegung auch tatsächlich zu folgen. Hier auf der Erde hast du hingegen die scheinbare Wahl, aber – und das ist die gute Nachricht – du hast auch die Werkzeuge, die du brauchst, um diese Wahl zu treffen: Dein Herz, deinen Atem und deine unmittelbare körperliche Reaktion (wenn sie nicht von früheren Verletzungen beeinträchtigt, sondern frei ist). Warum schreibe ich »die scheinbare Wahl«? Weil dich deine Werkzeuge unfehlbar leiten und führen, wenn du ihnen zuhörst und folgst – und dann ist es, als seiest du niemals aus dem Strom der kosmischen Gesetze hinausgefallen (was ja auch stimmt). Du hast die Möglichkeit, dich zu entscheiden, aber in Wahrheit zeigen dir deine inneren Werkzeuge den Fluss des Lebens, das, was du in höheren Dimensionen ganz selbstverständlich und unbemerkt spürst und weißt.

Kann es nicht sein, dass wir die Wahl bekommen haben, damit wir diese Führung *bewusst* erleben? Denn wenn wir ganz frei und selbstverständlich in diesem Strom fließen, spüren wir ihn überhaupt nicht, wie auch? Bewusstsein entwickelte sich hier auf Erden bislang durch die scheinbare Abwesenheit von Licht und Einheit. Du kennst das: Erst dann schätzt du, was du hast, wenn es dir abhandenkommt, solange, bis du Bewusstheit darüber erlangt hast. Das ist kein Allgemeinplatz, das ist der Grund, warum wir dieses Experiment »Leben in festen, voneinander getrennt erscheinenden Körpern« überhaupt eingegangen sind.

Du kannst dich bewusst voll und ganz in den Strom der ewigen kosmischen Ordnung und der geistigen Gesetze hineinbegeben. Wenn du dies tust – was du als spirituelles Wesen ganz selbstverständlich schon immer gemacht hast, weil es gar keine andere Wahl gab – dann steigst du ein für alle Mal aus der Rolle des Opfers aus. Du brauchst dich nicht einmal abzugrenzen, sondern einfach nur deiner eigenen inneren Wahrnehmung zu folgen, und nur ihr. Das hat mit »Grenzen setzen« nichts zu tun, denn es geht gar nicht um den anderen, es geht nur um deinen Strom. Dieser

Strom der geistigen Gesetze drückt sich, solange du im Körper weilst, durch dein klares Gefühl von Stimmigkeit aus, dein Gefühl, dein inneres »Ja« und »Nein« sind die Wegweiser, der Spiegel für den natürlichen Strom des Lebens.

Und genau hier fangen wir an, in Schwierigkeiten zu geraten. Denn wir vertrauen unseren Wahrnehmungen nicht. Natürlich nicht, denn wie oft haben sie uns in die Irre geführt, weil wir zu naiv, zu unerfahren waren, weil wir mit bestimmten Energien nicht in Wechselwirkung geraten konnten – oder weil uns unsere Angst fehlgeleitet hat. Wenn du zum Beispiel noch nie betrogen wurdest, wenn du das Konzept »Betrug« nicht am eigenen Leib erfahren hast – sei es geschäftlich, in Liebesbeziehungen oder Freundschaften, sei es, dass du durch Werbung in die Irre geleitet wurdest – dann erkennst du diese Schwingung nicht, wenn sie auftaucht. Du hast ein vages, ungutes Gefühl – dein Körper spürt, ob eine Energie frei fließt und dem Leben oder dem Ego dient – aber du kannst es nicht deuten. Wischst du es dann weg, ignorierst du es, weil du nicht verstehst, was dir die Enge, die du spürst, das schwere Atmen, der Druck auf der Brust oder die Magenschmerzen sagen wollen – nun, dann musst du eben durch! Beim nächsten Mal weißt du es besser, aber dann verstehst du auch, warum. Einige Erfahrungen müssen nun einmal durchlebt werden, auch wenn unser innerer Seismograf uns warnt. Das, was wir »Lebenserfahrung« nennen, bedeutet: wir erfahren energetische Qualitäten in jeder Form und wir erkennen sie wieder, auch wenn sie verschleiert und verkleidet daherkommen. So werden wir Experten für alle möglichen Arten von Schwingungen, Zuständen, Frequenzen – einfach für Energie, wie immer sie sich zeigt.

Deshalb sind wir hier.

Stell dir vor, du wolltest Meisterkoch werden – wenn du bestimmte Zutaten eines Gerichtes nicht kennst, dann kannst du sie auch nicht herausdeuten, selbst wenn du sie schmeckst. Und du kannst sie nicht verwenden, selbst wenn du spürst, etwas fehlt, weil du nicht drauf kommst, was es sein könnte. Du musst alles einmal probiert haben, um es auf die richtige Weise und im richtigen Zusammenhang anzuwenden. Kann es also nicht sein, dass du all diese Erfahrungen, was auch immer dir das Leben zugemutet hat, deshalb durchleben musstest, damit du sie wiedererkennst? Damit du weißt, wie sie sich anfühlen, wie sie schmecken, welche Gedanken, welche körperlichen Empfindungen dazugehören? Nicht, damit du lernst, sie zu vermeiden, sondern damit du sie erkennst, wenn sie dir begegnen und damit die echte, freie Wahl bekommst, ihnen emotional und geistig zu folgen – oder eben nicht.

Du kannst deinem inneren »Ja« und »Nein« also erst dann bewusst vertrauen, wenn du die volle Bandbreite des Lebens kennst, weil du nur dann sicher sein kannst, dass deine Gefühle und dein Verstand alle Energien, alle Informationen, deuten, erkennen und mit einbeziehen können. Aber das ist unterdessen sicher längst geschehen; du darfst dir unterdessen ganz sicher erlauben, dir zu vertrauen. Ich bin sicher: Es gibt keine Energie, die du nicht kennst und zu deuten vermagst. Sei es aus diesem, sei es aus einem anderen Leben oder sei es aus der Akasha-Chronik*, dieser universalen Bibliothek, die jederzeit abrufbar ist und die wir alle miteinander permanent »schreiben« und die daher die Erfahrungen von uns allen enthalten.

* Als Akasha-Chronik bezeichnet man eine Textsammlung oder ein »Buch des Lebens« im Jenseits beziehungsweise im übersinnlichen Bereich, die man sich als imaginäre allumfassende historische Bibliothek vorstellen kann, die in einer Geheimsprache abgefasst ist. Es gibt keine Beweise für die Existenz einer solchen Bibliothek. In der Vergangenheit gab es jedoch einzelne Personen, die behaupteten, sie könnten durch eine Art »Innere Schau« in dieser Bibliothek lesen; zu ihnen gehörte Rudolf Steiner. Das Konzept eines solchen universalen Welt- oder Astralgedächtnisses findet sich in der christlichen Überlieferung, in asiatischen Religionen sowie in einigen Ausprägungen der Esoterik. **Quelle: www.wikipedia.de**

Jenseits all dieser inneren Verwirrung aber gibt es einen ursprünglichen Kraftstrom, der dich trägt und immer tragen wird, wenn du dich nur wieder an ihn erinnerst und ihn in dein Leben einlädst, symbolisch ausgedrückt zum Beispiel durch deine *kleine wilde Frau*.

Aber nun genug der Theorie – ich lade dich zu folgender Übung ein:

Übung:

Atme bitte einige Male bewusst in dein Herz. Bitte deine Seele, sich in all ihrer Schönheit und Liebe zu zeigen und stelle dir folgende Frage: »Warum bin ich eigentlich hier?« Achte auf die erste Antwort, die kommt; es kann sein, dass sie sich kaum in Worte fassen lässt, weil die Antworten der Seele oft umfassender sind, als wir sie ausdrücken können.

Warum bist du hier?

Ich, Susanne, bin hier – wenn ich den ersten Impuls ernst nehme – weil ich schlicht das Leben liebe und es in allen Facetten erfahren will. Nicht, um Licht zu bringen, um die Welt zu retten oder um irgendein Buch zu schreiben, sondern aus reiner Lust am Leben. Ich liebe den Wind, die Sonne, das Meer, Musik, Tiere, Blumen, die Erde; ich liebe all die Ausdrucksformen von Leben und ich bin oft tieftraurig, weil wir es uns selbst so kompliziert machen. Dann vergesse ich, warum ich gewählt habe, zur Erde zu kommen und verzweifele an dem, was wir uns gegenseitig antun. Sobald ich mich aber erinnere, wozu ich hier bin (nicht an meinen Seelenauftrag, an meinen Dienst als spirituelles Wesen, sondern an meine ureigene freie Wahl) kommen die Kraft und die Liebe wieder, die ich brauche, um das beizutragen, was ich eben beitragen kann; eben weil ich die Erde und das Leben so sehr liebe.

So frage dich bitte aus tiefstem Herzen, warum du hier bist und erlaube dir, diesen ersten Funken, diese Kraft, diesen machtvollen Im-

puls wieder zu fühlen. Sicher ist dir im Laufe deiner vielen Leben einiges dazwischengekommen; du hast gewiss vergessen, wozu du ganz ursprünglich hier bist. Es ist sehr hilfreich, dich wieder daran zu erinnern: Denn hier brennt noch immer deine Flamme, hier ist dein Feuer, hier fließen deine Schöpferkraft, deine Liebe, deine Begeisterung. Hier bist du am Punkt deiner eigenen Kraft, jenseits von co-abhängigen Strukturen und allem, was du glaubst, tun zu müssen, um geliebt zu werden; sogar jenseits von allem, was du tust, um deinen Seelenplan für Gott zu erfüllen und dem Licht zu dienen. Selbst dieses Dienen fühlt sich nicht mehr ganz stimmig an, geht es dir auch so? Da gibt es noch etwas anderes, etwas Besseres, das uns wieder vollkommen in den Fluss unserer eigenen Seelenkraft hineinführt. Wir wollen ja dienen und wir tun das auch. Aber kennst du nicht auch dieses Gefühl – vor lauter Befürchtung, du dienst dem Licht nicht richtig oder zuwenig – deine eigene Kraft, Liebe und Freude außer Acht zu lassen? Vielleicht darf sich sogar dieser Dienst wie so vieles andere in dieser Zeit des Quantensprunges ändern?

Bitten wir also um Hilfe, beten und zeigen wir unsere Tränen am Grab unserer inneren Mutter – weinen wir in der Strohkammer, kapitulieren wir endlich.

Die Frequenz der Liebe

Auf welche Weise werden wir nun unterstützt? Schauen wir es uns noch einmal am Beispiel von Rumpelstilzchen an.

Was genau geschieht eigentlich, wenn Stroh zu Gold gesponnen wird? Welche Fähigkeiten stehen Rumpelstilzchen im Gegensatz zur Müllerstochter zur Verfügung? Was fehlt dem Stroh, was hat das Gold, was fügt Rumpelstilzchen hinzu?

Wie wäre es, wenn Rumpelstilzchen das, was es mit leichter Hand kann, so ausdrücken würde:

Übung:

Ich erhöhe die Schwingung, ich füge den Ereignissen die Energie »Liebe« hinzu, ich webe das Licht hinein. Ich verbinde dich und dein Leben mit dem Leben selbst, mit der göttlichen Ordnung, mir der reinen Lebenskraft, mit allem, was kraftvoll ist und klar. Ich spinne Stroh zu Gold, ich veredele dein Leben, ich bringe dir Licht, Liebe und Lebendigkeit. Und damit wird alles, was ich anfasse, zu Gold. Damit erhöht sich die Frequenz ganz wie von selbst, ich bin das innere goldene Kind, ich bin das Licht der Liebe in dir.

Wie wäre das? Diesem Rumpelstilzchen vertrauen wir doch gern unser inneres Kind, ja, unser Leben an, oder? Wir überlassen ihm auf der Stelle das Spinnrad und begeben uns in seine Hände, nicht wahr?

Nun, das sollte man meinen – so einfach ist es aber nicht.

Denn was wir im Gegensatz zu Aschenputtel und zur Müllerstochter nicht tun: wir geben nicht zu, dass wir es nicht können. Oder wir geben es zu, geben deshalb aber noch längst nicht auf. Unser Selbstwertgefühl, unser ganzes Dasein hängt nun einmal davon ab, dass wir eben nicht versagen, sondern dass wir es, was immer »es schaffen«. Wir folgen dabei oft sehr co-abhängigen, beinahe süchtig zu nennenden Strukturen. Unser eigenes Wohlergehen verschieben wir auf unbestimmte Zeit, um für andere da zu sein, weil wir damit entweder sowieso unser Geld verdienen (dann haben wir uns eine echte Falle gebaut) oder weil wir glauben, wir hätten keine Wahl. Und dann gibt es noch einen weiteren, sehr triftigen Grund: Weil wir nun einmal als Engel auf die Welt gekommen sind, um das Licht zu bringen, bringen wir es, ob der andere es will oder nicht! Wir haben unseren Auftrag ein bisschen falsch verstanden, kann das sein? Er besteht nicht darin, die anderen von ihren Übeln zu erlösen, sondern ihnen zu zeigen, wie sie ihr eigenes Licht für sich entdecken können. Und das kannst du ihnen nur zeigen, indem du es in dir selbst anzündest.

Und natürlich kennen wir auch die andere Seite: Wir werden geradezu süchtig nach Menschen, die uns ein gutes Gefühl vermitteln, sei es, weil sie eine besondere Art von Freude, Liebe und Magie ausstrahlen, weil sie uns an etwas erinnern, das wir auch in uns tragen oder sei es, weil sie alte Wunden berühren, die endlich in uns selbst geheilt werden wollen?

Wo liegt nun der Ausweg aus dem Labyrinth dieser Verstrickungen? In der 11 : 11-Tradition*, dieser machtvollen Bewegung von

* Wenn du mehr über diese spirituelle Bewegung wissen möchtest, schau doch mal im Internet unter www.nvisible.com oder lies „An die Sterngeborenen" von Solara, Ch. Falk Verlag

Solara, die die spirituellen Tore zurück in unsere geistige Heimat öffnet, steht das erste Tor schlicht für Kapitulation, für Loslassen. Auch in den sehr erfolgreichen 12 Schritten der Selbsthilfegruppen für Süchtige ist der erste Schritt die vollständige Kapitulation, die Hingabe, das echte Aufgeben. Nein, das ist keine Schwäche, sondern der erste Schritt aus der Sackgasse heraus, in die du dich hineinmanövriert hast.

Ich werde in diesem Buch nicht über Gebühr auf das innere Kind eingehen. Natürlich spielt es eine herausragend wichtige Rolle, aber darüber habe ich bereits geschrieben. Auch werde ich nicht lang und breit erklären, was uns so sehr an Menschen anzieht, bei denen wir immer wieder den alten Schmerz spüren, die uns immer wieder auf die gleiche Weise wie Mami oder Papi herausfordern, denen wir nachlaufen müssen, damit sie uns bemerken, denen wir es andauernd recht machen müssen oder die wir im Klammergriff unserer eigenen Kontrolle haben, damit sie uns nicht verlassen. Wir kennen diese Mechanismen. Hören wir deshalb auf damit? Nein, noch lange nicht.

Was haben wir falsch verstanden, wo liegt unser spirituelles Problem?

Wir sind Engel oder andere hochspirituelle Licht- und Geistwesen, natürlich sind wir das. Das wissen wir und bitte stelle das nicht immer wieder infrage, was sollst du denn sonst sein? Dein Herz weiß es sowieso.

Zugleich sind wir Menschen mit Problemen, die sich auf so merkwürdigen Ebenen abzuspielen scheinen, dass unser Licht, unsere Liebe, das, was wir normalerweise so leicht und frei verströmen, keinen Einfluss darauf zu haben scheint. Natürlich können wir Stroh zu Gold spinnen, nichts leichter als das, und das wissen wir auch. Wir selbst *sind* die Tauben, die Aschenputtels Linsen sortieren, wir *sind* die Kraft der Mutter und der Erde, die uns das Ballkleid inklusive aller Erlösung beschert.

Aber wir haben auch unseren menschlichen Anteil, und der weiß und kann das nicht, zumindest glaubt er das.

Wir sitzen in der Kammer, nehmen all das Stroh der anderen entgegen, spinnen es zu Gold, es wird abgeholt und am nächsten Tag kommt die nächste Fuhre. Und immer wieder bleiben wir in der leeren Kammer sitzen, wissen gar nicht genau, was wir getan haben, und die Früchte unserer Arbeit, das Gold, verschwindet wie von Geisterhand. Wir sehen immer nur das Stroh. Wir sortieren die Linsen, doch das Leben schüttet sie immer wieder in die Asche. Wir fragen, ob wir endlich zum Ball gehen dürfen, doch das Leben schüttelt den Kopf und gibt uns die nächste Aufgabe – die wir selbstverständlich lösen, immer in der Hoffnung, endlich gehen zu dürfen.

Das ist es, was uns so müde macht, wir tun es ja, wir können es. Aber wir wollen nicht mehr, weil wir immer in dieser leeren Kammer zurückbleiben. Und wir tun es vielleicht für die falschen Leute oder Situationen. Es ist nicht besonders erfüllend, in einem Beruf beste Arbeit zu leisten, wenn das, was der Konzern herstellt oder verkauft, nicht dem höchsten Wohl aller dient, nicht wahr? Und es ist äußerst ermüdend, wenn du deine Liebe und Kraft immer wieder Menschen zur Verfügung stellst, die durch sie lediglich die Missstände in ihrem eigenen Leben ein wenig besser aushalten, aber bestimmt nichts daran ändern. Das dient niemandem und du bist zu Recht erschöpft und verärgert, entmutig und ausgelaugt.

Wir haben also zwei Probleme: Auf der einen Seite arbeiten

wir uns Tag für Tag durch das Stroh der anderen, sortieren Linsen aus der Asche; auf der anderen Seite scheitern wir häufig bei dem, was wir für unser eigenes Stroh halten. Wir können nicht diejenigen glücklich machen, die uns am Herzen liegen, wir können unser Leben (zumindest teilweise) nicht meistern, sind nicht erfüllt, sondern fühlen uns wie diese leere Kammer. Wir haben Geldsorgen, gesundheitliche Probleme, sind einsam oder was auch immer. Wir verursachen anderen durch unseren eigenen Weg vielleicht gar Schmerzen, muten ihnen dadurch, dass wir uns selbst treu sind, zu, ihre eigenen Verlustängste zu spüren. Zwar wissen wir, dass diese Prozesse zum Leben gehören, weil sie anderen möglicherweise zum Wachstum verhelfen, aber sie fühlen sich nicht richtig an, nicht natürlich. Wie kann es sein, dass dein Weg einem anderen Menschen solche Schmerzen zufügt, wie kannst du ihn dann noch frei und voller Zuversicht gehen? So führen wir einen ständigen Kampf zwischen unserer inneren Freiheit, unserer Selbstbestimmung und dem, was wir anderen zumuten können und wollen (und damit uns selbst, denn wir müssen ja mit der Angst, den anderen zu verlieren und zu enttäuschen, umgehen).

Und wie Aschenputtel warten wir darauf, endlich zu diesem Ball gehen zu dürfen.

Aber wie war es im Märchen? Aschenputtel *erhielt* die Erlaubnis nicht, sie *ging* einfach.

Da trug das Mädchen die Schüsseln zu der Stiefmutter, freute sich und glaubte, nun dürfte es mit auf die Hochzeit gehen. Aber sie sprach: »Es hilft dir alles nichts, du kommst nicht mit, denn du hast keine Kleider und kannst nicht tanzen; wir müssten uns deiner schämen.« Darauf kehrte sie ihm den Rücken zu und eilte mit ihren zwei stolzen Töchtern fort.

Als nun niemand mehr daheim war, ging Aschenputtel zu seiner Mutter Grab unter den Haselbaum und rief:

»Bäumchen, rüttel dich und schüttel dich,
wirf Gold und Silber über mich.«

Da warf ihm der Vogel ein golden und silbern Kleid herunter und mit Seide und Silber ausgestickte Pantoffeln. In aller Eile zog es das Kleid an und ging zur Hochzeit. Seine Schwestern aber und die Stiefmutter kannten es nicht und meinten, es müsse eine fremde Königstochter sein, so schön sah es in dem goldenen Kleide aus.

Aschenputtel ließ sich nicht beeindrucken, weder von der Scham noch vom Verbot. Sie nahm ihr Leben in die Hand und entschied selbst, bat um Hilfe – oder nein, sie bat nicht, sie forderte sie an und nutze sie auf die bestmögliche Weise.

Da hat sie uns einiges voraus – denn würdest du dich jemals trauen, vollkommen die Kontrolle aufzugeben und dich ganz und gar in die Hände Gottes hineinfallen zu lassen – und da zu bleiben?

Wir sind auf doppelte Weise Opfer, wenn wir nicht loslassen und wie Aschenputtel Hilfe anfordern: Wir sortieren die Linsen der anderen aus der Asche und warten auf die Erlaubnis, aufzuhören. Die *kleine wilde Frau* steht daneben und übt die Tanzschritte für den Ball, aber langsam wird selbst sie ein bisschen mutlos. Oder wir sitzen in der Strohkammer, weil der schwache innere Vater uns hineingeführt hat, um dem König zu gefallen, Rumpelstilzchen wendet seine magische Kraft an – aber nicht für uns, sondern für das, was andere von uns wollen. Die *kleine wilde Frau* sitzt an Rumpelstilzchens Feuer und plant unser Leben – aber wir erlauben ihr nicht, zu wirken.

Vielleicht wird es also Zeit, Rumpelstilzchen kennenzulernen und es als gute, bewusste Kraft zu integrieren, damit uns seine Fähigkeiten auch in unseren eigenen Angelegenheiten wohlwollend und weise zu Verfügung stehen? Und wird es nicht Zeit, erstmal zu erkennen, welches eigentlich unsere eigenen Angelegenheiten sind und welche nicht?

Die Engel, die bei mir sind, wenn ich ein Buch schreibe, sagen dazu Folgendes:

Ihr seid einen so unermesslich langen, schwierigen Weg gegangen, um das Licht auf die Erde zu holen, dass ihr völlig vergessen habt, wie es sich anfühlt, wenn es endlich da ist. Die Bahnen sind offen, das Licht ist bereits da, du brauchst es nur zu nehmen. Du hast so viele Werkzeuge ausprobiert, um in Licht und Liebe zu leben und fühlst dich gescheitert. Doch das bist du nicht. Es ging nur darum, diese Werkzeuge zu erkunden. Natürlich funktionieren sie nicht, weil du kein Werkzeug brauchst, um das Licht auf die Erde zu holen. Du BIST das Licht. Wenn du versuchst, etwas zu tun, um Licht, Liebe und Schöpferkraft zu verwirklichen, kann es gar nicht wirken, weil es eben nichts zu tun gibt, verstehst du das? Erlaube dir, es zu fühlen, du musst nicht versuchen, es zu verstehen. Du kannst nichts tun, um Stroh zu Gold zu spinnen. Du BIST die Frequenz, die transformiert und verwandelt, es ist keine Fähigkeit. Rumpelstilzchen, um im Bild zu bleiben, verwandelt nicht Stroh zu Gold, indem es das Stroh spinnt, sondern durch seine pure Anwesenheit. Es schwingt in einer höheren Frequenz und damit erhöht es automatisch die Frequenz aller, die es berührt, es geht gar nicht anders. Du bist Liebe, du bist

Licht, und damit BIST du diese Fähigkeit. Es gibt nichts zu lernen, es gilt nur, etwas zu lassen. Du bist das, was du suchst; es ist schon da und es war deine Aufgabe, es im Außen zu suchen. Es war ein Spiel, verstehst du? Zugegeben, ein schwieriges, langwieriges Spiel, in dem es unmöglich war, sich nicht zu verlieren. Aber es war ein Spiel. Du bist Licht, du bist Liebe, du bist Schöpferkraft und alles, was es zu tun gibt, ist, alles zu lassen, was schwer ist und sich wie eine Suche im Außen anfühlt. Immer, wenn du dich anstrengst, um anderen zu gefallen, suchst du das Licht außen. Immer, wenn du eine Arbeit tust, die dich nicht erfüllt und dir keine tiefe Befriedigung gibt, suchst du das Licht im Außen. Immer, wenn du aufgibst, wenn du dich von dir selbst abwendest, wenn du dich innerlich verlässt, tust du es, um das Licht im Außen zu finden.
Da ist es aber nicht. Du BIST das Licht, das, was du suchst, ist nicht in dir, sondern du bist es, du weißt es nur nicht mehr. Rumpelstilzchen als Stellvertreter für reine, pure, lebendige Kraft aber kann dich erinnern.

Wenn du wirklich innerlich voll präsent bist, anwesend, mit all deiner Aufmerksamkeit und Liebe, dann kann sich dein Leben nur zum Guten wenden, in Richtung Lebendigkeit und Liebe. Denn das ist deine Natur, ich kann es dir gar nicht oft genug sagen. Es geht also weniger um etwas, das zu tun ist, als darum, vollkommen präsent zu sein. Und dabei will ich dich unterstützen. Ich möchte dir helfen, dein Licht voll und ganz in deinen Körper zu bringen, wirklich und wahrhaftig da zu sein, denn dann hältst du automatisch den heiligen Gral in den Händen, das Wasser des Lebens, deine volle Strahlkraft.

Aschenputtel zum Beispiel ist voll und ganz präsent. Sie beugt sich nicht, es sieht nur so aus. Sie nimmt ihre Chancen wahr, sowie sie welche erhält. Sie weiß, was sie braucht und bittet ohne zu zögern darum, sei es, als sie ihren Vater um den Haselreis bittet, sei es, als sie die Hilfe der Vögel anfordert.

Die Müllerstochter dagegen bleibt in ihrer spirituellen Ohnmacht. Sie trickst und hat am Ende zwar ein nach außen hin schönes Leben, doch Stroh kann sie noch immer nicht zu Gold spinnen. Sie verbündet sich nicht mit den Kräften der Natur, sondern bleibt in ihrer angepassten Rolle. Wenn wir das Märchen auf diese Weise betrachten, ist Aschenputtel am Ende wirklich frei, die Müllerstochter nicht. (Natürlich kann man das auch anders sehen, ich möchte dir nur meine Sehweise aufzeigen, keine psychologische Abhandlung schreiben.)

Wir sollten uns also genauer anschauen, was uns von Strom unserer Kraft trennt, was uns schwer und depressiv sein lässt.

Wie kann es überhaupt sein, dass wir eben *nicht* voll und ganz präsent sind? Nun, darüber ist oft geschrieben worden, dazu brauchen wir nicht mehr viel zu sagen. Natürlich sind es die Erfahrungen von Verlust, von Schmerz, von Tod, von Trennung, von Schwere und Dichte, die dich dazu bewegt haben, nicht mehr zu fühlen – das ist nicht nur mehr als verständlich, sondern gehört auch zum irdischen Weg. Damit aber hast du dich abgeschnitten vom Zauber deiner eigenen Magie, von deiner Manifestationskraft, der alles verwandelnden Kraft der Liebe und des Lichtes. Und auch das gehörte zum Weg. Aber er darf jetzt endlich zu Ende sein.

Wie oft schauen wir sehnsüchtige Romanzen im Fernsehen und seufzen, wenn die Kraft der Liebe wieder einmal alles in Ordnung gebracht hat, den

Mann »transformiert«, d.h. durch die Liebe positiv verändert, das Geschäft gerettet, die Krankheit besiegt hat. Und wie oft erleben wir genau das Gegenteil, wenn wir unser Leben anschauen. Liebe scheint nicht zu heilen, nicht zu retten. Ob du liebst oder nicht scheint überhaupt keinen Unterschied zu ergeben, nicht wahr? Deine Fähigkeit der Liebe, deine alchemistische Kraft scheint in dieser Frequenz nicht zu wirken.

Natürlich macht uns das depressiv, denn wir sehen uns unseres ganz natürlichen und selbstverständlichen Zaubers beraubt. Offensichtlich können wir nichts, aber auch gar nichts verändern und transformieren, oder? Wir geben auf, wir werden zynisch, spalten uns von unserer eigenen Strahlkraft ab, denn sie nützt ja in dieser Dimension sowieso nichts. Wer aber bist du, wenn du nicht liebst? Was bleibt übrig, wenn du nicht das Licht bist? Du spürst dich selbst nicht, du kannst gar nicht anders, als dir alle möglichen Rollen zuzulegen, als dir irgendetwas über dich selbst auszudenken, damit du dich wahrnimmst: Damit du dich selbst nicht verlierst.

Wir suchen also selbstverständlich im Außen, um uns irgendwie zu spiegeln, um dem Leben einen Sinn abzutrotzen. Wir suchen verzweifelt nach dem, was trägt, wenn unser natürliches Licht, unsere Liebe, keine Wirkung zu zeigen scheint.

Nun, wir wissen, was sonst noch trägt. Nichts. Es lässt sich überhaupt nicht vermeiden, verzweifelt im Dunkeln zu tappen und ins Leere zu fallen, wenn wir unser Licht verlieren. Noch einmal – wir konnten nicht anders, als unser Licht zu verlieren, denn es scheint hier ohnehin nicht zu wirken. Also ist das, was wir sind, auf der Erde nutzlos – und damit haben wir ganz einfach gar nichts mehr. Wundert es noch irgendjemanden, dass wir uns an allem festklammern, das irgendwie sinnversprechend erscheint? Wundert es uns noch, dass wir Angst haben, dass wir uns voller Eifer in immer neue Projektionen stürzen, immer auf der Suche nach uns selbst? Das, was wir sind, spielt hier unten scheinbar keine Rolle, weil es nicht mit dem Leben auf der Erde wechselwirkt – also verlieren wir uns, es geht ja gar nicht anders.

Und tatsächlich war das bislang auch richtig. Es WAR schwierig: Die Frequenz der Erde war zu niedrig, es war ein äußerst hartes Stück Arbeit, unser Licht auf die Erde zu bringen, weil wir nie Ergebnisse sahen oder uns sehr dafür abmühen mussten. Es floss eben nicht mühelos und einfach, weil die Frequenz viel zu langsam war. Bis die Materie, die sichtbare, äußere Welt endlich auf unsere Absichten, unser Licht reagierte, waren wir schon längst weiter und konnten gar nicht erkennen, dass wir Schöpfer unserer Realität waren, weil die Zeitverzögerung viel zu groß war. Außerdem erschufen wir unsere Lebensumstände so sehr aus dem Unbewussten heraus, dass wir gar nicht erkennen konnten, dass wir es selbst taten.

Aber jetzt, liebste Mitmenschen, Mitengel, Mitschöpfer, jetzt ist das vorbei. Es wird Zeit, die Federn zu schütteln, den Staub abzuwaschen und ganz neu zu beginnen. Die Zeitqualität ruft danach und das spürst du auch. Es gibt ein Werkzeug, das uns nicht mehr dient, weil es völlig überholt ist, vollgestopft mit Müll, weil es zu niedrig schwingt und die hohen Frequenzen nicht umsetzen kann, obwohl das seine Aufgabe wäre – unser Mentalkörper. Jenes Energiefeld, mit dem wir Schwingungen als Gedanken wahrnehmen, mit dem wir eigentlich hohe Wahrheiten erkennen sollten, damit wir sie auf der Erde für alle sichtbar werden lassen können. Unser Mentalkörper dreht sich schwerfällig im Kreis und produziert immer wieder die gleichen, langweiligen, vorhersehbaren und niedrig schwingenden Gedanken, oder?

Wie wollen wir die höchsten Wahrheiten erkennen und in unser Leben integrieren, wie können wir der Liebe und nicht der Angst dienen, wenn das Werkzeug, mit dem wir die Botschaften empfangen, nicht funktioniert?
Schauen wir uns also an, welche Energie unseren Mentalkörper so unermesslich schwer sein lässt. Es kommt uns vor wie ein Gefühl, aber es ist eine geistige Waffe: Scham.

Wir sind traurig, verzweifelt, müde und ausgebrannt, weil wir nicht das erreichen konnten, was wir uns so freudig vorgenommen haben; weil wir öfter gescheitert und abgelehnt worden sind, als gut für uns war und weil wir zu viele Verluste erlitten haben. In der Hauptsache aber sind wir beschämt. Im Gegensatz zu Aschenputtel lassen wir uns beeindrucken, wenn uns jemand nur lange genug erzählt oder zeigt, dass wir nichts wert sind.
Scham ist eine der, wenn nicht DIE tiefste und grundlegendste Ursache für Depressionen, Süchte, für Co-Abhängigkeit, narzisstische Persönlichkeitsstörungen, Hypochondrie, Zwangsstörungen und Dysmorphophobie (gestörte Körperwahrnehmung).

Scham empfinden wir, wenn wir erkennen: Wir sind irgendwie anders als die anderen, lachen über andere Dinge, gehen auf eine andere Weise mit dem Leben um, empfinden etwas als angemessen und stimmig, das von anderen als unangemessen wahrgenommen wird. Psychologen sagen, dass Scham einer der Zustände ist, die unseren Individuationsprozess fördern. Wir erkennen die Distanz zu anderen, werden konfrontiert mit der Trennung in das »Ich« und in »den Rest der Welt«. Soweit wäre Scham ja überhaupt kein Problem. Aber was geschieht? Wir empfinden uns nicht nur als »anders«, sondern vor allem als »schlechter«. Etwas scheint mit uns nicht zu stimmen, sonst wären wir nicht plötzlich isoliert und alle zeigten mit dem Finger auf uns; sonst würden wir uns nicht auf einmal so allein, hilflos und irgendwie falsch fühlen.

Die Scham, die ich hier beschreibe, meint nicht die ganz normale und natürliche Scheu, die uns schützt und dafür sorgt, dass wir genau hinschauen, ob der emotionale Raum sicher ist, bevor wir uns zeigen und verletzlich machen. Das ist ein sehr gesunder Mechanismus, wenn er fehlt, wirkst du seltsam unabgegrenzt.

Die Scham, über die wir hier reden, ist das tiefe, krankmachende Gefühl, dass etwas in dir gründlich falsch ist, dass es etwas in dir gibt, das unangenehm ist, ohne dass du es ändern kannst, ja, sogar, ohne dass es dir bewusst ist. Es kann jeden Moment hervorbrechen, also ziehst du dich lieber immer mehr in dich zurück, zumindest in bestimmten Feldern deines Lebens. In anderen Bereichen kannst du durchaus sehr selbstsicher wirken, aber du und dein Gefühl für dich selbst brechen ein, wenn die beschämten Anteile deines Selbst Gefahr laufen, berührt zu werden.

Wie kann die *kleine wilde Frau* jedoch wirken, wenn wir uns beschämt auf dem Boden krümmen?

Wir beginnen uns dann zu schämen, wenn wir für etwas zurückgewiesen werden, das uns stimmig, ganz normal und natürlich vorkommt; wenn wir erkennen: Wir werden nicht verstanden, sondern ernten für den kreativen und für uns richtigen Ausdruck unseres Selbst wie aus heiterem Himmel Ablehnung und Befremden – oder gar Hohn und Spott. Immer dann, wenn wir aus bester oder gar keiner besonderen Absicht heraus, sondern ganz natürlich handeln, wenn wir uns unverfälscht zeigen, wenn wir keine Maske tragen und plötzlich Nichtverstehen oder Missbilligung erleben, beginnt ein Teil in uns zu zweifeln. Wir verlieren das Gefühl für unser Selbst, besonders aber dafür, dass wir im Grunde vollkommen in Ordnung sind.

Wären wir wirklich völlig in Ordnung, müssten sich die anderen ja nicht von uns abwenden, oder? Wir sind nicht in der Lage zu unterscheiden, ob die Reaktion der anderen angemessen ist oder nicht. Wir unterscheiden auch nicht zwischen uns selbst und unserem Handeln, sondern spüren dieses vernichtende, unsere Daseinsberechtigung auslöschende Gefühl von vollkommener Andersartigkeit. Besonders wenn wir unverfälscht, frei und mit offenem Herzen agiert haben, trifft uns Befremden und Ablehnung mitten im Kern unseres Seins. Wenn wir in Situationen, in denen wir uns ganz besonders offen gezeigt haben, unsere Liebe, unsere Freude und Lebendigkeit, unser Glück, unsere Trauer, unsere Lust oder auch unser echt empfundenes Mitgefühl unverfälscht offenbarten, zurückgewiesen werden und Unverständnis, Ablehnung oder gar Strafe ernten, bricht eine Welt in uns zusammen. Wir erwachen aus der fast schlafwandlerischen Sicherheit, mit der wir uns (zumindest in diesem Moment) gezeigt haben und werden erbarmungslos auf uns selbst zurückgeworfen. Wir sehen uns auf einmal mit den Augen der anderen – und sind zu Tode schockiert. Wir verstehen nicht, dass die Augen der anderen nicht unser Problem sind, denn auf eine Weise stimmt das ja gar nicht. Wenn die anderen dich nicht als eine der ihren erkennen, obwohl du dachtest, du gehörst dazu, dann kannst du dich offensichtlich *auf keine deiner Wahrnehmungen mehr verlassen.*

Wir sind als Menschen, als Kinder, als soziale Wesen, davon abhängig, dass wir ein Teil der Gemeinschaft sind und als ein solches anerkannt und behandelt werden. Wenn wir auf einmal bemerken, dass wir anscheinend doch nicht dazugehören, grundlegend anders zu sein scheinen und das auch noch, ohne dass es uns bewusst war, dann spüren wir jene vernichtende Trennung, die uns so einsam sein lässt, dass wir glauben, wir wären von Grund auf falsch.

Wieso geschieht das? Warum erkennen wir nicht, dass es erstens nur eine Reaktion auf unser Handeln war, nicht auf uns als Gesamtheit; und dass die Reaktion der anderen vielleicht in deren eigenem Selbstbild und innerem Erleben begründet liegt, und nicht in uns?
Beschämt werden können wir immer nur dann, wenn wir ohne innere Einschränkung frei und offen agieren, ohne Vorsicht, ohne Hab-Acht-Stellung. Dann, wenn wir aus tiefstem Herzen handeln, unsere Energie, besonders unser inneres Kind, unverzerrt und unkontrolliert ausdrücken, treffen uns Abwehr und Kritik ganz besonders. Weil wir mit dieser Handlung identifiziert sind, weil sie unsere Energie ausdrückt, weil sie uns in unserem Selbst zeigt, richten sich die Kritik, Ablehnung und Missbilligung nicht nur gegen die Handlung, sondern gegen uns als Gesamtsystem. Wir sind dann beschämbar, wenn wir eins sind mit unserer Kraft, wenn wir unsere Energie ohne innere Distanz oder Kontrolle zeigen. Deshalb trifft uns Beschämung immer an der Basis, an der Wurzel und sie wirkt wie ein Schock. Kontrollieren wir uns selbst, handeln wir also mit innerer Distanz, können wir nicht so leicht beschämt werden. Abgelehnt vielleicht, kritisiert, verletzt, aber nicht beschämt, weil die inneren Wächter des Mentalkörpers parat stehen und eingreifen.
Wie ist das genau zu verstehen?

Unser Mentalkörper, der Sitz unseres Verstandes, kann sehr wohl unterscheiden, ob ein Vorwurf, eine Kritik, oder gar eine Ablehnung angemessen ist oder nicht; weil er an die kosmische Ordnung angebunden ist, erkennt er, ob die uns berührende Energie ein reiner oder aber ein verzerrter Ausdruck dieser Ordnung ist. Erntest du eine bestimmte Form von Reaktion, weiß dein Mentalkörper, ob diese Reaktion deinem Verhalten angemessen ist. Er kann unterscheiden, ob deine Energie und Wahrnehmung verzerrt sind oder die der anderen. Es ist seine Aufgabe, in aller Klarheit und Freiheit zu unterscheiden, ob eine Information – und ein Vorwurf, eine Zurückweisung ist zunächst nichts weiter – den geistigen Gesetzen entspricht oder nicht. Vorausgesetzt, er kann frei agieren.

Eine Beschämung aber wird vom Gehirn als Schock erfahren und es reagiert entsprechend. Die bewussten Anteile werden blitzschnell abgekoppelt und du beginnst, aus den uralten, unbewussten, sich selbst schützenden und instinktiven Anteilen deines Gehirnes heraus zu handeln, zu entscheiden und zu fühlen. Darauf hast du keinen Einfluss, da es eine äußerst gesunde, lebenserhaltene Schutzreaktion deines Körpers ist. Einige Erfahrungen solltest du aus seiner Sicht höchstens einmal machen, und wenn du sie überstanden hast, solltest du sie besser inklusive einer tiefgreifenden Schutzreaktion abgespeichert haben.

(Mehr über die Reaktionen des Gehirnes bei Schock im Buch »Channel werden für die Lichtsprache«, Darmstadt 2007 oder natürlich in allen Büchern und Internetseiten über Gehirnforschung.)

Das ist sinnvoll und richtig, denn ein Schock, eine lebensbedrohliche Situation also, erfordert ein augenblickliches Lernverhalten und eine sofortige Reaktion.

Die Reaktion auf Zurückweisung, wenn sie als Schock erlebt wird, ist Scham. Sie, die entsteht, sorgt dafür, dass du dich instinktiv nie wieder dieser bedrohlichen Situation aussetzen wirst und bannt damit die Gefahr erneuter Verletzung. Du weißt selbst, wie sehr dich Scham lähmen kann und genau das ist auch ihre Aufgabe: das ist genau der Sinn von Scham. Sie schützt dich vor emotionalen Schocks, indem sie dich lähmt und dafür sorgt, dass du dich bestimmten Situationen nie wieder aussetzt.

Das Prinzip ist mehr als sinnvoll, ja lebensrettend, wenn es zum Beispiel um körperlich bedrohliche Situationen geht. Bekommst du einen Schock, lernt das Gehirn augenblicklich und ohne zu hinterfragen, ohne Reflexion, dafür zu sorgen, dass du diese Situation von nun vermeidest.

Die Schwierigkeit ist, und das siehst du sicherlich bereits, dass dein Gehirn nicht hinterfragt, ob deine Reaktion wirklich sinnvoll und angemessen ist oder ob es nicht bessere Schutzmechanismen gibt als Scham; bewusste Wachsamkeit zum Beispiel. Scham ist sehr rigoros, sie lähmt dich generell, untergräbt deine Handlungsfähigkeit, wie es ihre Aufgabe ist.

Wenn du als Kind abgelehnt und beschämt wirst, ist das eine für dein System lebensbedrohliche Situation, zumindest erkennt das Gehirn sie als solche, weil du die entsprechende Menge Stress- und Angsthormone ausschüttest. Sie fühlt sich lebensbedrohlich an. Und ein Schock ist für das Gehirn ein Schock, egal, ob eine echte lebensbedrohliche Situation vorliegt oder nicht. Es ist unsere Aufgabe, aber auch Chance, im Nachhinein zu unterscheiden und den Schock sorgsam herauszulösen. Das Gehirn selbst kann das nicht, weil in der Schockreaktion alle bewussten Anteile abgekoppelt werden, welche die instinktive, lebensrettende, blitzschnelle Reaktion verlangsamen.

Kannst du dir selbst in die Augen schauen und aus vollem Herzen »Ich liebe mich« sagen? Kannst du in die Kirche oder in deinen Meditationsraum gehen, dich der Liebe Gottes öffnen und ganz frei, ohne jede Einschränkung, um die Geschenke der Fülle, Liebe und Glückseligkeit bitten? Findest du, dass du so, wie du bist, ein wundervolles Geschöpf Gottes bist, genauso, wie Gott dich haben wollte? Oder fehlt dir etwas? Fühlst du dich unzulänglich, nicht gut genug, irgendwie zu kurz, zu klein, zu schwach, nicht würdig? Ich höre sehr oft den Satz »Ich bin einfach nicht gut genug« und ich spüre ihn auch oft in mir. Nun, wenn du hineinfühlst in diese Worte, was bewirken sie? Würdest du dieses merkwürdige, vage, tieftraurige, verzweifelte und zugleich lähmende Gefühl nicht als Scham bezeichnen? Scham ist einer der am meisten krankmachenden Zustände. Sie lähmt dich komplett, macht dich handlungsunfähig, treibt dich in die merkwürdigsten Verhaltensweisen.

Es ist Scham, die dich dazu treibt, deinen Liebsten abzuweisen, bevor er dich abweist. Es ist Scham, die dazu führt, dass du eine Aufgabe lieber erst gar nicht angehst, bevor du versagen könntest. Es ist Scham, die dazu führt, dass du perfektionistisch wirst, dass du eine Maske aufsetzt und dir dicke Abwehrmauern aus Kontrolle zulegst. Scham lässt dich Drogen nehmen, lässt dich zu viel essen, Scham bringt dich dazu, dich selbst zu verletzen, lässt dich innerlich erstarren und lähmt dich so sehr, dass du keinen einzigen deiner kreativen und wundervollen Impulse umsetzen kannst. Und selbst wenn du es doch tust, kostet es dich zu viel Kraft. Es fließt nicht frei, du tust es immer *trotz* der Scham, musst dieses Energiefeld überwinden. Kann es sein, dass es neben anderem auch deine Scham ist, die dich so müde gemacht hat, so leer sein lässt? Dass du, ohne es zu wissen, viel mehr Energie aufwenden musstest, um all deine Ziele zu erreichen, als dir bewusst ist? Kann es sein, dass du tief im Unbewussten eine Bremse hast, eine Sperre, die sich zwar deinem bewussten Wahrnehmen entzieht, dir aber einen großen Teil deiner Energie nimmt, sodass du beim Stroh-zu-Gold-Spinnen über Gebühr angestrengt bist? Kann es sein, dass die Energie, die so leicht fließen sollte und könnte, weil sie deine ureigene Kraft darstellt, sich erst mühsam ihren Weg durch diese Scham bahnen muss?

Angst davor zu haben, nicht gut genug zu sein, ist nicht schlimm.

Manchmal ist sie ja sogar angemessen. Dann übst du eben, bis du es kannst. Ab und zu kann es passieren, dass du erkennst: Du bist wirklich nicht gut genug, aus Gründen, die du verstehst und die du, wenn es dir wirklich wichtig ist, ändern kannst. Manchmal ist es auch hilfreich, seine Begrenzungen zu akzeptieren. Ich weiß nicht, ob ich in der Lage wäre, hohe Mathematik wirklich zu verstehen, so richtig in der Tiefe. Ich schäme mich nicht, weil ich das nicht kann, ich kann es ganz leicht akzeptieren, es stimmt ja einfach. Ich könnte es vielleicht üben und eine gewisse Art von Verständnis erlangen, aber es ist nicht wirklich meine Welt. Hier ist keine Scham, sondern einfach ein Wissen über meine derzeitigen Grenzen. Ich habe in diesem Bereich noch nicht einmal Angst, nicht gut zu sein, ich weiß, dass ich es schlicht nicht bin.

Scham dagegen bedeutet, in jeder Zelle zu wissen, dass du versagst, obwohl du alles, alles gibst und tust. Etwas in oder an dir ist offensichtlich falsch, funktioniert nicht, du bist nicht in der Lage, die vielleicht idealisierten Anforderungen an dich zu erfüllen. Dabei spielt es keine Rolle, ob sie von außen kommen (mache Mami glücklich, rette mich, sei ein braver Junge, halte die Familie zusammen, mache uns keine Schande usw.) oder ob du sie (unterdessen) verinnerlicht hast.

Du hast keine Chance, egal, wie sehr du dich anstrengst, egal, wieviel Liebe und Energie du auch einbringst – es reicht nicht. Diese existenzielle Hilflosigkeit führt zu tiefen Ohnmachtgefühlen bis hin zur Depression.

Wenn du nicht gut genug bist, nun ja, dann übe halt. Wenn du aber, obwohl du alles, alles gegeben hast, dennoch versagt hast, wenn du nicht die Liebe, die Aufmerksamkeit, die Heilung, das Ziel, welches auch immer es war, erreicht hast, obwohl du dich fast selbst aufgegeben hast, dann spürst du dein echtes, grundsätzliches Scheitern in jeder Zelle.

Wofür schämst du dich? Du brauchst es ganz bestimmt mit niemandem zu teilen, auch nicht mit mir – aber vielleicht beginnst du ein kleines bisschen, zu verstehen, worüber ich rede? Spürst du die Tiefe dieser Überzeugungen, die Kraft dieser Lähmung? Was ist passiert, wo sind wir falsch abgebogen?

Kann es sein, dass wir lernen, uns zu schämen, wenn wir für etwas verurteilt, abgelehnt oder schräg angeschaut werden, für das wir gar nicht verantwortlich sind? Wenn du alles tust, um die Liebe deiner Eltern zu erringen, die Hochachtung deiner Lehrerin, die Achtung und Liebe eines Mannes, einer Frau – und du scheiterst, obwohl du alles tust – nun, das tut sehr weh. Das ist schlimm genug und du brauchst Trost und Verständnis, bestimmt keinen Spott.

Wenn dir der andere nun aber vermittelt: Hättest du dich nur ein bisschen mehr angestrengt, ein wenig mehr gegeben, dann hättest du den Preis erhalten – dann wirst du krank. Denn dann lag es eben doch an dir, dann lag es in deiner Macht, das gibt dir der andere deutlich zu verstehen – aber du hast versagt. Beschämung ist ein *Machtwerkzeug* und wirkt sehr subtil oder ganz offensichtlich: Immer dann, wenn dir ein anderer signalisiert, du wärst für seine Gefühle verantwortlich; du wärst Schuld daran, dass er dich nicht liebt, nicht achtet, nicht versteht, nicht schätzt, unmöglich findet, weil du irgendwie komisch bist – anstatt die Verantwortung dafür selbst zu tragen.

Du kannst nur dein Bestes geben, du kannst genau die Hälfte der Brücke zum anderen überqueren. Mehr nicht. Geht dir der andere nicht seine Hälfte entgegen, bist du nicht dafür verantwortlich – aber genau das bekommen wir eingeredet. Würdest du dich nur so oder so verhalten – oder hättest du dieses und jenes nicht getan – wäre es den anderen möglich, dich zu lieben, zu achten, zu respektieren, anzuerkennen oder einfach in Ruhe zu lassen. Du bist also selbst schuld, wenn du Ablehnung erntest – und hier entsteht der Schock, weil es in den meisten Fällen nicht stimmt – und das spüren wir instinktiv. *Weil* wir es spüren, *weil* es den geistigen Gesetzen widerspricht, reagieren wir fassungslos – wir erleiden einen emotionalen und mentalen Schock.

Wir reagieren mit *Scham*, wenn wir das Gefühl bekommen, wir wären insgesamt merkwürdig, falsch oder abstoßend, und mit *Schuldgefühlen*, wenn wir glauben, wir hätten uns nur ein bisschen verleugnen, ein wenig zurückstecken müssen, dann wäre der andere glücklich gewesen. Beides ist gleichermaßen höchst schädlich für unser Selbstgefühl, dafür, dass wir uns und unsere Wahrheit wirklich wahrnehmen und spüren.

(Du weißt natürlich, dass es Verhaltensweisen gibt, für die echt empfundene Scham die einzig richtige und angemessene Reaktion und für deine Genesung unerlässlich ist. Wenn du zum Beispiel süchtig mit Beziehungen oder mit einem Stoff umgehst, spürst du diese vage, unterschwellige Scham. Um von der Sucht zu genesen, ist es unvermeidbar, diese Scham zu spüren und als das zu erkennen, was sie ist: eine angemessene Reaktion auf ein unangemessenes Verhalten. Wenn du dazu neigst, andere zu missbrauchen, auszunutzen, ist die Scham darüber ein Zeichen dafür, dass du dich nicht den geistigen Gesetzen gemäß verhältst und das Zulassen der Scham einer der Schlüssel zur Bewusstwerdung und Heilung.

Ich rede hier aber von jener Scham, die dich lähmt und in die Depression hineinführt, weil sie nicht angemessen ist. Genau deshalb brauchen wir einen funktionierenden Mentalkörper, denn dieser kann unterscheiden, ob eine Reaktion gerechtfertigt ist oder nicht.)

Vollende bitte folgenden Satz, indem du ihn ein paar Mal vor dich hinmurmelst und schaust, welche Gedanken dir dazu einfallen:

Wäre ich so, wie ich bin, durch und durch richtig,
würde ich …
mich frei fühlen, viel waghalsiger sein,
viel mutiger an meine Aufgaben herangehen,
endlich durchatmen …

Wie reagiert dein Körper auf die Idee, du könntest möglicherweise ganz und gar richtig sein?
Entspannt sich etwas in dir?

Als wesentliche Ursachen von Depressionen gelten nach Ansicht vieler anerkannter Psychologen Schuld, Scham und existenziell erlebte Hilflosigkeit. All diese Energien sind im Mentalkörper gespeichert.

Wird es nicht langsam Zeit, dass wir ihn reinigen, wenn nicht gar ganz austauschen?

Nun schaue, ob du bereit bist, dich auf folgende Meditation einzulassen. Lies sie bitte zunächst, bevor du sie in dir wirksam werden lässt, ja?

Meditation: Die Heilung des Mentalkörpers

(Das ist der Teil deiner Aura, mit dem du Energien als Gedanken wahrnimmst)

Mache es dir bequem, atme ein paar Mal tief durch, erlaube dir, loszulassen und tiefer in dich hineinzusinken. Vor deinem inneren Auge entsteht nun eine Lichtsäule, golden oder silbrig, vielleicht auch ganz hell und kristallin, so, wie es für dich heute genau richtig ist. Du spürst: Es ist heilsam, dich in diese Lichtsäule hineinzustellen und du gehst einen Schritt darauf zu. Sofort spürst du die gewaltige, transformierende Kraft dieser Lichtsäule. Sie ist kraftvoller als alles, was du bisher erlebt hast, und es fühlt sich sehr, sehr gut an.

Du spürst, es ist an der Zeit, dich tatsächlich zu verändern, Altes endgültig gehen zu lassen und eine völlig neue Sicht der Dinge zu erhalten. Und so entscheidest du, dich voll und ganz in diese Lichtsäule hineinzustellen. Das Licht durchströmt dich, du spürst seine klare Präsenz und atmest auf.

Die Energie ist reiner und klarer, als du sie jemals gespürt hast und auf einmal erkennst du: Du brauchst neue Werkzeuge, um diese neue Energie in all ihrer Kraft wahrnehmen zu können. Es ist, als schwinge dein Mentalkörper zu langsam, als hättest du zu viele alte und langweilige gewohnheitsmäßige Gedanken, die dich schwerer sein lassen, als es für dich angemessen ist.

So bitte nun darum, dass dich die Engel der Transformation begleiten und spüre, wie ihre Energie sanft in der Lichtsäule hinabschwebt.

Richte nun deine Aufmerksamkeit auf deinen Mentalkörper. Stelle dir bitte vor, es gäbe einen Aurakörper, der wie eine Energiekugel um deinen Kopf herum liegt, deine Schultern umfasst und im Gehirn verankert ist. Und dann schau dir deinen Mentalkörper an. Welche Farbe hat er, schwingt er schnell oder langsam? Kannst du alte, längst überholte Gedankenmuster erkennen? Vielleicht geht dir nun ein bestimmter Gedanke durch den Kopf oder du bekommst ein ganz spezielles inneres Bild. Vielleicht spürst du scharfe Zacken und Kanten oder alles ist dunkel, irgendwie wattig und schwer. Du kannst dir sicher vorstellen, dass du mit diesem Werkzeug die hohe, klare, schnelle neue Energie nicht wahrnehmen kannst. Mache dir bitte klar, dass dies dein Mentalkörper ist. Das bist nicht du, es ist nur ein Werkzeug und du bekommst, wenn du ihn loslässt, gleich einen neuen. Es kann sein, besonders wenn du dich sehr über dein Denken wahrnimmst, dass du das Gefühl hast, du verlierst einen Teil von dir; aber das stimmt nicht. Die Idee »Ich denke, also bin ich« ist alt und entspricht nicht der Wahrheit.

So entscheide, ob du bereit bist, den alten, schweren Mentalkörper, der vielleicht wie ein Helm auf deinem Kopf sitzt, sanft aus dir herauslösen zu lassen. Die Engel der Heilung und der Transformation wissen, was sie tun. Für dich selbst gibt es nur die Entscheidung zu treffen, sonst nichts. Du brauchst nichts loszulassen oder wegzuschikken; erlaube nur, dass dein Mentalkörper sanft gereinigt oder, wenn es erforderlich ist, ganz und gar ausgetauscht wird. Spüre, ob du bereit bist, und wenn ja, dann nimm ein paar tiefe Atemzüge und bitte um Transformation.

Es kann sein, dass du nun ein Ziehen in den Schultern, einen Druck im Kopf oder gar im Gehirn spürst. Lasse es zu, das ist ein Zeichen dafür, dass der schwere Mentalkörper aus deiner Aura herausgelöst wird. Stück für Stück hebt er sich oder strömt an dir hinunter in die Erde, so, wie es richtig ist. Vielleicht löst er sich auch einfach auf wie Nebel in der Sonne. Fühle die Erleichterung, die Befreiung, wenn die alten, schweren Gedanken endlich gehen dürfen.

Und nun senkt sich ganz sachte ein neuer Mentalkörper auf dich hinab, ganz leicht und fein, wie ein sehr helles, freies Energiefeld. Es durchströmt deinen Kopf und deine Schultern und findet nach ein paar Atemzügen seinen richtigen Platz in deiner Aura. Es vernetzt sich mit deinem Gehirn und mit den Chakren, die sich hier befinden, sorgt für ein neues, leichteres Gleichgewicht in dir. Erlaube diesem Prozess, stattzufinden, er dauert nur ein paar Momente.

Nun richte deine Aufmerksamkeit auf eine Stelle über deinem Kopf, noch ein bisschen höher, bis du ein Energiefeld, ein Chakra spürst, das sehr klar und kraftvoll schwingt. Das ist dein Hohes Selbst. Bitte dein Hohes Selbst, Energie in deinen neuen Mentalkörper hineinfließen zu lassen, sich mit ihm zu verbinden, damit von nun an Informationen ungehindert vom Hohen Selbst direkt als Gedanken in dich einströmen können. Nimm wahr, wie sich das anfühlt. Es kann sein, dass du einen Druck im Kopf spürst; vielleicht wird auch alles weit und frei. Weise dein Kronenchakra an, sich zu öffnen und die Verbindung zwischen deinem Mentalkörper und deinem Hohen Selbst zuzulassen. Bitte nun die Engel der Transformation, deinen Mentalkörper so zu programmieren, dass du Wahrheit und echte Informationen sofort erkennst, dass du weißt, wie es sich anfühlt, wenn etwas der göttlichen Ordnung entspricht. Dann erlaube, dass sich jene Zentren deines Gehirnes, mit denen du feinstoffliche Informationen als Gedanken, Bilder oder Worte erkennst, miteinander verschalten. Bitte darum und weise dein Gehirn entsprechend an. Es ist nichts weiter als der nächste Schritt deiner persönlichen Evolution und es wird Zeit, dass du ihn gehst.

Nun bleibe noch ein wenig in diesem weiten, geöffneten Zustand, bis du ganz wie von selbst sachte mit deiner Aufmerksamkeit zurückkehrst zur Erde und zu diesem Buch … oder du ruhst dich ein wenig aus, so, wie es dir am liebsten ist.

Wie steigen wir nun aus dieser uns krank machenden Scham

aus? Aschenputtel hilft uns hier nicht weiter. Sie hat sich nicht geschämt, im Gegenteil. Sie stellt sich unter den Baum und sagte: »Bäumchen, rüttel dich und schüttel dich, wirf Gold und Silber über mich!«

Sie besteht darauf, dass sie gut versorgt wird und nutzt ihre Möglichkeiten, ihre Schöpferkraft und vertraut darauf, dass sie alles, was sie braucht, auch bekommt. Wir können von ihr lernen, findest du nicht? Obwohl sie in wirklich ungünstigen Verhältnissen lebt, hinterfragt sie nicht, ob sie das Gold und Silber verdient hat; sie vertraut einfach auf die magischen Kräfte.

Reden wir also über Schöpferkraft. Das ist so ein Wort, das sich wunderbar anhört, von dem wir aber gar nicht so genau wissen, was es überhaupt meint. Du hast sicher schon eine Menge von der Kraft der Gedanken gehört: Wenn du dir etwas nur lange genug vorstellst und immer wieder bekräftigst, dann manifestierst du es in deinem Leben, sei es positiv oder nicht ganz so positiv. Die Kraft deiner Gedanken erschafft deine Realität, also achte auf das, was du denkst. Nun, das stimmt: Aber es geschieht in der Astralwelt, in der Welt der Manifestationen und Illusionen, nicht in der Welt der Ursachen.

Schöpferkraft geht noch weiter. Sie bezieht sich nicht auf das, was du denkst, sondern auf das, was du tief in Inneren glaubst. Das ist nicht das Gleiche. Die Kraft des Glaubens wird oftmals unterschätzt, oder wie kommt es, dass wir so unverantwortlich damit umgehen? Achtest du sorgfältig auf das, was du glaubst? Ist dir überhaupt bewusst, was du alles glaubst? Wenn wir anerkennen würden, wie einflussreich unser Glaube tatsächlich ist, hielten wir alle ein äußerst machtvolles Instrument in den Händen. Unser Glaube ist eine Kraft, die uns in die Wiege gelegt wurde, wir alle glauben an irgendetwas. Der Glaube ist sozusagen systemimmanent, er ist ein untrennbarer Teil von dir, den du nicht erwerben oder erleben musst, sondern den du bereits als Werkzeug in den Händen hältst. Wir brauchen nur noch zu lernen, ihn bewusst zu erkennen und anzuwenden.

Meditation: Die Kraft des Glaubens

Stelle dir bitte vor, dass dein Glaube wie eine unermesslich kraftvoll leuchtende Kugel aus Licht ist. Sie ist strahlender und machtvoller als alles, was du bisher erlebst hast.

Und nun schaue, wo sich diese Kugel aus Licht in dir aufhält. Ist sie dir bewusst? Rollt sie irgendwo herum, lässt sie sich von allem anziehen, was dir ein leichtes Leben verspricht? Oder gibt es eine Macht, der du sie in die Hände gelegt hast. Oder hast du diesen Glauben bereits verschenkt? Wenn ja, dann schau bitte genau hin – was ist das für eine Macht? Schwingt sie in Übereinstimmung mit den liebevollen göttlichen Gesetzen? Ist sie an deinem höchsten Wohl und am höchsten Wohl aller interessiert? Wem hast du möglicherweise ein bisschen voreilig oder leichtfertig diese so lebendige Kraft zukommen lassen? Ob du das in allen Einzelheiten spürst oder nicht, ist vielleicht nicht so wichtig. Nimm die Lichtkugel einfach wieder zu dir zurück und wähle neu.

Nimm sie bitte bewusst in deine Hände oder in dein Herz, fordere sie zurück, und spüre, wie sich das anfühlt.

Das ist dein Glaube, dein Licht, dein Potential, die Kraft, mit der du schöpferisch am Leben teilhast.

Und nun bitte die reine göttliche Energie zu dir. Vielleicht in Form eines Engels, eines Lichtes – wie auch immer du es dir gut vorstellen kannst.

Spüre die Präsenz der göttlichen Ordnungskraft, die liebevolle Anwesenheit eines ihrer Stellvertreter. Bitte eine spirituelle Kraft deines Vertrauens zu dir und lasse das Licht deines Glaubens zu ihr hinströmen. Schaue, ob es sich gut anfühlt, ihr diese Lichtkugel in die Hände zu geben oder ob du sie lieber selbst halten möchtest.

Werde dir bitte über diese Energie bewusst. Halte sie in den Händen und erkenne ihre Macht, nimm deine Verantwortung wahr.

Wenn es sich gut anfühlt, dann lasse sie nun in einer Lichtsäule sicher und geschützt aufsteigen ins Herz Gottes, in die Zentralsonne oder wie immer du dir den Kern allen Seins, die Ursprungsquelle aller Liebe und Erfüllung, vorstellst. Sowie die Lichtkugel deines Glaubens in der Urquelle allen Seins, in der göttlichen Liebe, angekommen ist, sendet die Quelle einen stabilen, pulsierenden Lichtstrahl in dein Herz. Von nun an bist du fest und sicher angeschlossen an die reine Kraft der göttlichen Ordnung und Wahrheit.

Wenn der Lichtball deines Glaubens mit dieser Ursprungsquelle verschmilzt, bist du unantastbar und zuverlässig eingebunden in den heiligen Strahl göttlicher Kraft und du wirst spüren, ob eine Energie der göttlichen Ordnung entspricht oder sich verbogen und verzerrt anfühlt.

Von nun an kannst du deinen Wahrnehmungen und Urteilen leichter trauen. Du bist nun in der Lage, Energien zu erkennen und einzuschätzen.

Wir reden hier nicht ausschließlich vom Glauben an Gott oder an eine höhere Kraft. Glauben, egal an was, meint, etwas auf voller Überzeugung für wahr zu halten, etwas nicht zu hinterfragen, sondern mit ganzem Herzen und ungeteilter Energie für richtig und nicht widerlegbar zu halten. Echter Glaube an etwas lässt sich nicht einmal durch Tatsachen oder wissenschaftliche Ergebnisse, die das Gegenteil beweisen, beeindrucken. Er sitzt tief und fest im System. Das, was du denkst, ist ein Ausdruck dieses Glaubens, dein Mentalkörper reagiert nur darauf, er ist nicht die Ursache. Der Glauben selbst sitzt tiefer und steht in Verbindung mit deinem Seelenplan für dieses Leben, bildet die Blaupause für das, was du dir zu erfahren vorgenommen hast.

Wie erkennen wir, was wir für unwiderruflich wahr halten und wozu dient dieser Glaube? Und vor allem: wie können wir lernen, an etwas zu glauben, tief von etwas überzeugt zu sein, das uns aus dem Mangel, aus der Depression, aus dieser Müdigkeit herausholt? Wie können wir unsere Schöpferkraft, die sich durch unseren tiefen Glauben ausdrückt, bewusst anwenden? Wie können wir von Aschenputtel lernen? Was hat sie, das uns fehlt? Woher nimmt sie ihr Vertrauen?

Glauben bedeutet, wie ich schon sagte, etwas jenseits von Wissen und Beweisen für wahr zu halten. Mit jeder Faser deines Seins »Ja« zu sagen, ohne jeden Zweifel überzeugt zu sein, dass etwas ist, wie es ist. Und weißt du, was echter Glaube außerdem beinhaltet? Eine *Absicht* und eine *Entscheidung*. Du kannst *entscheiden*, ab jetzt an an eine höhere, liebende, göttliche Kraft zu glauben, die dich trägt. Du selbst bist tatsächlich verantwortlich für das, woran du glaubst. Wenn du jedoch dafür verantwortlich bist, dann bedeutet das auch, dass du eine Wahl hast, sonst könnte man dich nicht zur Verantwortung ziehen. Du hast deinen freien Willen. Du kannst wählen, worauf sich der Strahl deines Glaubens und deiner Aufmerksamkeit richtet.

Meistens lässt sich dieser Strahl ganz leicht ablenken und du glaubst eben das, was dir vorgesetzt wird. Nun, Schöpfer gehen ein bisschen bewusster mit ihrem Energiestrahl um. Stelle dir vor, deine Aufmerksamkeit wäre eine Art Laserstrahl, der alles, was er berührt, verändert und mit Energie versorgt, es wachsen lässt. Dann wärst du weitaus achtsamer, oder? Nun, wer sagt dir denn, dass Aufmerksamkeit kein Laserstrahl ist? Menschen tun alles mögliche, töten gar, um Aufmerksamkeit zu bekommen. Werbefachleute geben Unsummen aus, um deine Aufmerksamkeit und deinen Glauben an ihr Produkt zu binden – es ist ein hohes, ja, dein höchstes Gut!

Also wähle klug. Ich habe irgendwann im Laufe meines Lebens entschieden, an Gott zu glauben. Es ist mir nicht in die Wiege gelegt worden, im Gegenteil. Ich komme aus einer Familie, in der das oft geradezu zynisch hinterfragt und sicher als Schwäche ausgelegt wurde. Ich habe entschieden, dass ich an einen liebenden Gott glaube, der meine Fähigkeiten, meine Liebe, mein ganzes Sein zum Wohle des gesamten Universums einsetzt und der im höchsten Maße an seiner eigenen Schöpfung interessiert ist. Ich glaube es nicht nur, ich bestehe darauf. So sei es, Amen.

Und ich übernehme die volle Verantwortung dafür, dass ich mich irren kann. Zu Glauben, bewusst zu glauben, erfordert Mut und eine Entscheidung. Das Werkzeug »Glaube« hältst du in der Hand, jeder von uns. So entscheide, worauf du es ausrichtest.

Weißt du, warum Fanatiker oftmals so unglaublich überzeugend sein können, obwohl ihre Argumente mehr als fragwürdig sind? Weil sie keine Zweifel hegen, ihre Energie gebündelt und ungeteilt auf ein Ziel richten. Wenn du an etwas glaubst, dann bekommt dieser Aspekt der Schöpfung die volle Strahlkraft deiner Aufmerksamkeit, egal, ob dir das bewusst ist oder nicht! Wenn du etwas tief in dir für wahr hältst, für unumstößlich richtig, dann kann es gar nicht anders, als sich in deinem Leben zu verwirklichen; denn du nutzt die stärkste Magnetkraft, die uns zur Verfügung steht: Deine ungeteilte, durch keinen Zweifel getrübte schöpferische Energie.

Warum wissen wir das nicht? Weil wir vergessen haben, wie es sich anfühlt. Wie konnte Rumpelstilzchen sicher sein, dass es Stroh zu Gold spinnen kann? Woher wusste es, dass am Ende Gold dabei herauskommt? Es hatte offensichtlich ein Bewusstsein für seine eigene schöpferische Kraft. Woher wusste Aschenputtel, dass ihr der Baum ein Kleid herabwirft, dass ihr die Vögel helfen, die guten Erbsen von den schlechten zu trennen? Schon die Frage ist falsch, ihr Lieben. Sie *wusste* es einfach, weil das ein natürlicher Zustand ist. Die Frage müsste lauten: »Warum wissen wir es *nicht* mehr?« Wo haben wir nur unser Bewusstsein für unsere Kraft gelassen? Oder sind wir vielleicht hier, um dieses Bewusstsein überhaupt erst zu erfahren, zu entwickeln, auch in dieser so dicht erscheinenden Dimension?

Wir wissen nicht mehr, wie es ist, wirklich getragen zu sein. Wir haben uns verirrt, im Dschungel der Glaubenssätze, der Glaubensrichtungen, der Dualität, des Richtig und Falsch. Wir irren umher zwischen Himmel und Hölle, suchen den Himmel, versuchen, die Hölle unter unsere Kontrolle zu bekommen und »gut« zu sein.

Uns fehlt der große Magnet, der uns wieder ausrichtet; wir sind wie Messgeräte, die zu lange nicht mehr geeicht worden sind.

Aber woher bekommen wir diesen Magneten, was ist es, das uns fehlt, warum verzetteln wir uns in der Suche nach dem Heil, wo ist das Tor zum Himmel?

Wir wissen nicht mehr, wie es sich anfühlt, wirklich zu glauben, nein, mit jeder Faser unseres Seins zu wissen, weil wir zu verwirrt sind, an zu viele nicht tragfähige Wahrheiten glauben, weil sich zu viel Unsinn in uns angesammelt hat. Die Wahrheit ist ganz einfach; sie ist klar, logisch und sie fühlt sich vor allem klar und wahr an, ohne dass wir lange danach suchen müssen. Wenn etwas wirklich wahr ist, dann jubelt jede Zelle, etwas atmet in dir auf, dann richtest du dich aus; dann ist es, als seiest du in deiner geistigen Heimat angekommen.

Wo aber finden wir diesen Kraftstrom, diesen kristallinen, unermesslich machtvollen Strom von geistiger Schöpferkraft?

In uns natürlich, in unserem eigenen Herzen, im Kern, denn hier fließt er hindurch, hier ist die Anbindung. Und hier wohnt auch die *kleine wilde Frau*, aus diesem Kraftstrom schöpft sie.

Meinst du nicht, es wird Zeit, uns an unsere spirituelle Selbstbestimmung zu erinnern und uns auf die Suche nach diesem kristallinen Kraftstrom zu machen?

Es wird vor allem Zeit zu spüren, dass es reicht. Es wird Zeit, dass wir uns aus dem Dienst, den wir geleistet haben, entlassen, auch wenn wir Schuldgefühle und Angst bekommen. Wenn du in dich hineinspürst und diese Schwere, diesen Widerstand spürst, dann erlaube ihn dir bitte nur für diesen Moment; dehne ihn nicht in die Zukunft aus. Natürlich wissen wir nicht, wie es weitergehen soll. Das macht aber gar nichts, wir wissen es nur einfach nicht. Unsere geistigen Führer und Lehrer aber kennen den Weg und deshalb bitten wir sie jetzt um Hilfe, ja?

Zunächst brauchen wir ein neues Energiefeld. Es wird Zeit, die Astralebene, auf der wir uns in bestimmten Bereichen unseres Lebens noch befinden, zu verlassen oder zumindest lichtere Teile aufzusuchen. Solange du in dieser Welt der Projektionen gefangen und ihr verhaftet bist, kannst du gar keine echte geistige Klarheit erlangen, weil sich immer wieder der Schleier der Illusionen, des Wunschdenkens, aber auch deiner Ängste dazwischenschiebt. Damit wir beide über das Gleiche sprechen, gebe ich im Folgenden eine kurze Erklärung über die Astralwelt. *

Über die Astralebene

Im Internet gibt es dazu so viele Erklärungen wie Autoren, also definiere ich hier so genau wie möglich, was ich damit meine. Die Astralebene ist die Dimension der Projektionen, der Schleier, der Illusionen und der Schöpfungen, die aus unserem Geist und unserem Ego heraus entstanden sind. Es gibt in ihr lichte und sehr dunkle Bereiche, aber letztlich ist das alles eine Ebene der Illusion und der Schleier. Die Astralebene, in der sich jede Menge Wesenheiten tummeln, sollten wir nur sehr achtsam und vorsichtig betreten, denn in vielen Bereichen unseres Lebens sind wir tiefer in dieser Ebene verhaftet, als uns bewusst ist. Astralwelten sind wie das Wasser: Fließend, formbar, wandelbar; sie spiegeln unsere fühlende Natur. Alle Illusionen – seien es die Angst machenden Strafandrohungen von Seiten der Kirche, seien es unsere eigenen Ideen über das, was wir dürfen und was nicht – alle scheinbaren Wirklichkeiten finden wir hier. Wir können in dieser Dimension nie ganz sicher sein, ob das, was wir erleben und erschaffen, wirklich den Gesetzen des Lichtes oder selbst erschaffenen und sich selbst erfüllenden Prophezeiungen

* ebenso erschienen in: Susanne Hühn: Meditationen anleiten und führen, Darmstadt 2008

folgt. Innerhalb der Astralwelt finden wir alles, was wir je erfunden und uns je ausgedacht haben. Hängen wir hier fest, dann klebt unser Geist an überholten Vorstellungen und will mit aller Kraft seine Traumwelt erschaffen. Überzeugungen, an denen du festhältst, obwohl sie dir gar nicht dienen, haben in der Astralwelt ihren Ursprung, und wenn du dich hier verfangen hast, kannst du nur durch das Licht der Erkenntnis frei werden – aber das ist auch der Sinn der Astralwelt!

Während du sie durchquerst und hinter die Schleier blickst, wirst du frei zu erkennen, ob klare, reine Energie fließt oder ob du einem kollektiven Irrtum oder einer gemeinsamen Idee aufgesessen bist. Wie können wir nun, wenn wir meditieren und unser Bewusstsein für andere Dimensionen öffnen, vermeiden, dass wir uns in der niedrig schwingenden Astralwelt verirren? Nun, wir können es gar nicht vermeiden, denn teilweise ist es sogar sinnvoll. Es gibt unterschiedliche Ebenen innerhalb dieser Astralwelt, lichte und dunkle.

Hier zählt unsere echte, wahre Absicht. Der Ton, den wir aussenden, bestimmt, in welcher Dimension wir uns wiederfinden. Halte deine Absichten rein, lasse die Finger von allem, was dir schnellen Erfolg ohne Arbeit verspricht. Versuche nicht, alles billiger bekommen zu wollen, sondern sei bereit, den Preis zu zahlen. Sei ehrlich und wahrhaftig mit dir selbst und anderen und strebe nach dem Höchsten. Dann kannst du sicher sein, dass du dich in der für dich erreichbaren höchsten Schwingung aufhältst. Das spüren die Wesenheiten der Astralwelt und du stehst ihnen nicht zur Verfügung. Lasse dich nicht blenden. Achte auf deine Absichten und ganz besonders darauf, in welchen Bereichen du verführbar bist. Da ist dein Schwachpunkt und dieser bildet den Anker für dunkle Energien. Nicht weil sie irgendwie böse sind. Vielleicht ist es ja ihre Aufgabe, dich an diese Schwachstellen zu erinnern? Glaube nicht alles, falle nicht auf scheinbare Wahrheiten herein, die sich nicht stimmig anfühlen. Hier ist der Zweifel ein wichtiges Werkzeug – nicht der Zweifel an deinen Wahrnehmungen, sondern der Zweifel daran, ob das, was du hörst, auch stimmt. Wir alle haben ein untrügliches Werkzeug zur Verfügung: Unsere klare innere Stimme, die uns sagt, ob etwas stimmig ist und den geistigen Gesetzen entspricht. Lasse dich nicht bei deiner Angst, deinem Stolz oder beim Ego packen, nicht einmal bei deinen schmerzlich unerfüllten Grundbedürfnissen.

Der Satz »...und führe mich nicht in Versuchung« kann Wunder wirken, wenn du nicht sicher bist, in welcher Ebene du dich gerade aufhältst, denn damit richtest du deine Energie auf hohe geistige Klarheit aus, nicht auf Illusionen. Und dennoch müssen wir nun einmal unseren Weg in höhere Dimensionen durch die Astralwelt hindurch nehmen. So scheue dich nicht, aus Angst vor dieser Astralwelt geistige Räume zu betreten. Wenn du durch sie hindurchmusst, dann kannst du es sowieso nicht verhindern. Echte, bewusste Hingabe an unsere göttliche Führung ist bei allem Schutz und bei aller bewussten Absicht auch hier hilfreich.

Es geht nicht darum, die Astralwelt zu vermeiden, sondern sie zu meistern, ihre dunklen Bereiche zu durchschreiten und dabei innerlich klar und an die höchste Wahrheit angebunden zu bleiben. Wir brauchen gar nichts zu vermeiden, das ist nicht im Sinne der Schöpfung. Vielmehr gilt es, Erfahrung zu sammeln und Meisterschaft zu erlangen. Wie sollst du Erkenntnis über deine Projektionen, deine Glaubenssätze, deine Illusionen, Vorstellungen und Anhaftungen finden, wenn du den Raum, in dem sie gespeichert sind und stattfinden, nicht auch bewusst betrittst? Unbewusst hältst du dich sowieso die meiste Zeit des Tages darin auf, wenn du die Astralwelt nicht bewusst durchschritten hast. Es ist eine Dimension, die auf unserem Weg liegt, die wir nicht umgehen können und brauchen, über die wir aber hinauswachsen dürfen. Wann immer du dich deinen eigenen Schatten stellst, wann immer du bewusst an dir arbeitest, dich reinigst, deine eigenen niedriger schwingenden Energien erheben willst, zum Licht strebst, dann erforschst und meisterst du einen Teil der Astralwelt. Wir alle haben sie gemeinsam geschaffen. Unser menschliches Bewusstsein, unsere Vorstellungen, unsere Trennung vom Licht hat diese Astralwelt mit dem bevölkert, was nun darin lebt. Wenn wir sie nicht meistern und immer lichter werden lassen, wer denn dann?

Die kleine Meerjungfrau

Warum werden wir eigentlich depressiv? Weil wir uns schuldig fühlen, wenn wir es anderen nicht recht machen, weil wir uns als Versager sehen, wenn wir unseren eigenen hochfliegenden Idealen nicht gerecht werden und weil wir uns vollkommen hilflos und ausgeliefert fühlen, wenn das Leben wieder einmal einen dieser Haken schlägt, die uns einsam, verwirrt und zitternd vor Angst zurücklassen. Schuld, Scham, unterdrückte Aggressionen und die daraus entstehende Hilflosigkeit sind die Hauptauslöser für Depressionen.

Weil wir also unserer inneren Wahrheit nicht folgen, nicht »Ja« und »Nein« sagen aus Gründen, die zwar mehr als verständlich sind, aber letztlich nicht zählen.

Wir geben unsere Selbstbestimmung auf, lassen uns in den Dienst anderer einspannen, ob wir wollen oder nicht. Unsere innere Wahrheit ist nicht verhandelbar, sie ist, wie sie ist, und wenn wir ihr nicht folgen, dann verbiegt sich unsere Energie. Sie fließt nicht mehr richtig und wir sind nicht mehr angeschlossen an den großen Lebensstrom unserer eigenen Seele. Dann werden wir schwerer und schwerer, wir produzieren immer weniger Glückshormone und richten uns in der Depression ein. Am schmerzlichsten ist es, wenn wir es aus Liebe tun und dabei scheitern.

Du erinnerst dich an die kleine Meerjungfrau, die ihren Schwanz und ihre Stimme opferte, um Beine zu erhalten, an Land zu gehen und ihren Prinzen zu treffen? Nun, sie hat ihn nicht bekommen … Kennen wir das nicht? Haben wir nicht alle unsere Kraft aufgegeben, um Liebe zu erlangen, um so zu sein, wie wir glaubten, sein zu müssen? Und – war es nicht vergeblich?

Über Depressionen:

Ich rede nicht von der endogenen klinischen Depression. Wenn unser Körper nicht genügend Hormone produziert, sei es genetisch bedingt oder durch einen Schock oder durch mehrere traumatische Ereignisse ausgelöst, brauchen wir in den meisten Fällen zumindest für eine Weile Medikamente, weil wir sonst handlungsunfähig bleiben. In solch einem Fall suche dir bitte Hilfe und tue, was dein Arzt, Heilpraktiker oder Heiler deines Vertrauens sagt! Manchmal geht es nicht ohne Medikamente, das ist kein Versagen. Wenn du Diabetes hättest, würdest du dir ja auch Insulin spritzen lassen, oder? Eine klinische Depression ist eine Krankheit, die behandelt werden muss, die sich nicht mit Willenskraft bekämpfen lässt und für die du nichts kannst. Lasse dir nichts einreden. Du brauchst möglicherweise Medikamente und eine Therapie, wenn du eine Depression hast. In keinem Fall helfen dir Sprüche darüber, dass du dich bitte ein wenig zusammenreißen und positiv denken solltest. Könntest du das, würdest du es tun, oder? Vielleicht hilft dir das, was ich dir anbiete, auch, aber sicher nicht nur, wenn du krank bist. Gehe bitte zum Neurologen, ja? Versprichst du mir das?

Als energetisches Symbol erleben Depressive häufig eine schwere, dunkle Wolke, die sich nicht vertreiben oder auflösen lässt, sie kommt immer wieder. Wenn dich dieses Bild berührt, dann sei zumindest offen dafür, dass du Hilfe brauchst.

Hier sind einige Hinweise darauf, dass du möglicherweise eine Depression entwickelst, die sogenannte Goldberg-Skala:
Falls du mehrere dieser Fragen mit »Ja« beantworten kannst, dann ziehe es in Betracht, dich ärztlich untersuchen zu lassen.

- *Ich bin langsam im Verrichten von Dingen.*
- *Meine Zukunft scheint hoffnungslos.*
- *Ich kann mich nur sehr schwer beim Lesen konzentrieren.*
- *Ich habe die Freude und das Vergnügen am Leben verloren.*
- *Mir fällt es schwer, Entscheidungen zu treffen.*
- *Ich habe das Interesse an Dingen verloren, die mir früher etwas bedeutet haben.*
- *Ich bin traurig, niedergeschlagen und unglücklich.*
- *Ich bin rastlos und innerlich ruhelos.*
- *Ich fühle mich müde.*
- *Selbst kleine Aufgaben stellen eine große Anstrengung für mich dar.*
- *Ich fühle mich als schuldiger Mensch, der es verdient hat, bestraft zu werden.*
- *Ich habe das Gefühl, ein Versager zu sein.*
- *Ich fühle mich leer, eher tot als lebendig.*
- *Ich leide unter Schlafschwierigkeiten: Zu wenig, zu viel oder kann nicht durchschlafen.*
- *Ich mache mir Gedanken darüber, WIE ich Selbstmord begehen kann.*
- *Ich fühle mich in der Falle oder gefangen.*
- *Ich fühle mich niedergeschlagen, selbst wenn mir etwas Gutes widerfährt.*
- *Ich habe ohne Absicht (Diät) zu- oder abgenommen.*

Das Leben hat dir mit Sicherheit sehr viel zugemutet: Ereignisse, zu denen du ganz bestimmt innerlich laut und deutlich »Nein« gesagt hättest, hätte es dich gefragt. Vielleicht hast du schwere Verluste erlitten, Enttäuschungen; hast (bis jetzt) nicht verwirklichen können, was dir so sehr am Herzen liegt, hast geliebte Menschen oder Tiere gehen lassen müssen; bist vom Greifen nach den Sternen müde geworden, entmutigt. Was soll das alles, fragst du dich, wozu der Aufwand? Kannst du dir vorstellen, dass du wie die kleine Meerjungfrau an irgendeiner Stelle in deinem Leben abgebogen bist, deinen eigenen Lebensstrom verlassen hast, den Fluss deiner ureigenen Energie – weil der Fluss zu schmerzhaft, zu lebendig, zu schwierig zu leben oder zu unerwünscht war? Kann es sein, dass du irgendwann aus deinem eigenen Leben ausgestiegen bist, den Raum verlassen hast und seitdem versuchst, mehr oder weniger dem zu entsprechen, was die Welt von dir haben will? Kennst du dieses entmutigte »Na, jetzt ist es sowieso egal«-Gefühl? Erschien es dir irgendwann verständlicherweise der leichtere Weg zu sein, das zu tun, was andere von dir wollten, anstatt für dein Recht auf Freiheit und Selbstbestimmung einzutreten?

Ja, natürlich.

Und sicher mehr als einmal. Wahrscheinlich ist auch dein Leben eine Geschichte voller Selbstverleugnung und Anpassung an das, was das Leben von uns fordert. Vielleicht bist du nicht einmal richtig auf der Erde angekommen, weil du wusstest, was dich erwartet; möglicherweise beatmest du deinen Körper gerade so, lebst aber in der Hauptsache in deinen geistigen Welten.

Es lässt sich nicht vermeiden: Schon als sehr kleine Babys werden wir gezwungen, uns anzupassen, nicht aufzufallen, es Mutter und Vater recht zu machen. Unser Leben hängt davon ab, dass wir ihnen gefallen, also verhalten wir uns entsprechend. Das macht nichts, solange es im Rahmen deiner eigenen Energie, deiner Fähigkeiten und deines natürlichen Ausdrucks bleibt – aber das tut es ja meistens nicht. Natürlich gehört das zu unserem Lebensplan, das wissen wir. Hier begegnen uns die Themen, die wir uns anschauen wollen. Auch das Ausweichen gehört dazu. Vielleicht ist es sogar unsere Aufgabe, den Fluss zu verlassen, weit, weit in die karge Landschaft hineinzulaufen und dort unser Glück zu suchen – um dann Stück für Stück, wie auf einer Suchreise im Märchen, zurückzufinden. Mag sein. Vielleicht dient die Depression einfach dazu, uns daran zu erinnern, dass es Zeit wird, zurückzukehren in den Fluss unseres Lebens. Dieses Wissen allein nutzt uns nicht viel, aber es darf ein Ansporn sein. Du hast nicht versagt, egal, wo du heute gerade stehst. Es wird nur Zeit, in deinen eigenen Strom, in dein eigenes Leben zurückzukehren; denn nur hier findest du Antworten.

Also, machen wir uns auf!

Wie wäre es, wenn die kleine Meerjungfrau sich geirrt hätte? Wenn sie dem Prinzen durchaus auch in ihrer wahren Gestalt hätte begegnen können? Was wäre, wenn die beiden einen guten Weg miteinander gefunden hätten?

Es begann damit, dass die kleine Meerjungfrau endlich an Land schwimmen durfte, weil sie fünfzehn Jahre alt geworden war. In dieser Nacht rettete sie einen Prinzen, der mit seinem Schiff kenterte.

Doch was geschah, nachdem sie den Prinzen sicher an Land gebracht hatte?

»Da schwamm die kleine Seejungfrau weiter hinaus, hinter einige hohe Steine, die aus dem Wasser emporragten, legte Seeschaum auf ihr Haar und ihre Brust, sodass niemand ihr kleines Antlitz sehen konnte, und dann passte sie auf, wer zu dem armen Prinzen kommen würde. Es währte nicht lange, bis ein junges Mädchen dorthin

kam; sie schien sehr zu erschrecken, aber nur einen Augenblick, dann holte sie mehrere Menschen, und die Seejungfrau sah, dass der Prinz zum Leben zurückkehrte, und dass er alle ringsherum anlächelte, aber zu ihr hinaus lächelte er nicht, er wusste ja auch nicht, dass sie ihn gerettet hatte. Sie fühlte sich sehr betrübt, und als er in das große Gebäude hineingeführt wurde, tauchte sie traurig unter das Wasser und kehrte zum Schlosse ihres Vaters zurück.«

Was würde wohl die *kleine wilde Frau* dazu sagen? Kann man sich selbst eigentlich noch mehr zum Opfer der Angst vor Ablehnung machen als diese kleine Meerjungfrau?

Nun wusste sie, wo er wohnte, und dort war sie manchen Abend und manche Nacht auf dem Wasser; sie schwamm dem Lande weit näher, als eine der andern es gewagt hatte, ja sie ging den schmalen Kanal ganz hinauf, unter den prächtigen Marmoraltan, welcher einen langen Schatten über das Wasser hinwarf. Hier saß sie und betrachtete den jungen Prinzen, der glaubte, er sei ganz allein in dem klaren Mondschein.

Sie sah ihn manchen Abend mit Musik in seinem prächtigen Boote, wo die Flaggen wehten, segeln; sie lauschte durch das grüne Schilf hervor, und ergriff der Wind ihren langen, silberweißen Schleier, und jemand sah ihn, so glaubte er, es sei ein Schwan, der die Flügel ausbreite.

Warum zeigte sie sich nicht? Wir wissen es nicht, das Märchen gibt uns darauf keine Antwort. Aber verhalten wir uns nicht oft genauso? Verstecken wir nicht unsere ureigene Kraft, aus Angst, aus Scham, einfach, weil wir uns nicht vorstellen können, dass wir so, wie wir sind, geliebt werden können? Sie hat sich ihre Misere selbst eingebrockt, die Süße, sie hat dem Prinzen keine

Chance gegeben, sie in ihrer wahren Gestalt kennen zu lernen, zu lieben und einen Weg zusammen mit ihr zu finden. Vielleicht wäre sie gescheitert, nun gut. Das kann passieren. Aber hätte sie es nicht wenigstens probieren müssen, was meinst du?

Denn gescheitert ist sie am Ende dennoch, anders geht es ja gar nicht, wenn man sich so sehr von der eigenen Kraft abschneidet …

So endet das Ganze, nachdem sie sich von der Meerhexe ihre Stimme nehmen ließ, damit sich der Fischschwanz in Beine verwandelt und sie endlich stumm und unter großen Schmerzen an Land gehen konnte:

Noch einmal sah sie mit halbgebrochenem Blicke auf den Prinzen, stürzte sich vom Schiffe in das Meer hinab und fühlte, wie ihr Körper sich in Schaum auflöste.

Sie hätte sich retten können, indem sie dem Prinzen ein Messer ins Herz gestoßen hätte, aber sie entschied sich aus Liebe dagegen. Zum Glück, denn das wäre ja wohl wirklich keine Lösung gewesen, oder? Erst verleugnet sie sich selbst, dann soll sie den töten, den sie liebt, damit sie wieder frei wird? Von mir bekommt sie keinen Orden dafür, dass sie ihm nicht das Messer ins Herz gestoßen hat, soweit kommt es bei allem Mitgefühl mit dem zauberhaften Wesen wohl noch. Was ist denn mit Selbstverantwortung, Selbstbestimmung, Mut?

Nun stieg die Sonne aus dem Meere auf, die Strahlen fielen mild und warm auf den todkalten Meeresschaum und die kleine Seejungfrau fühlte nichts vom Tode; sie sah die klare Sonne, und oben über ihr schwebten Hunderte von durchsichtigen, herrlichen Geschöpfen, sie

konnte durch dieselben des Schiffes weiße Segel und des Himmels rote Wolken erblicken. Die Sprache derselben war melodisch, aber so geistig, dass kein menschliches Ohr es vernehmen, ebenso wie kein menschliches Auge sie erblicken konnte; ohne Schwingen schwebten sie vermittelst ihrer eigenen Leichtigkeit durch die Luft. Die kleine Seejungfrau sah, dass sie einen Körper hatte, wie diese, der sich mehr und mehr aus dem Schaume erhob.
»Zu wem komme ich?« fragte sie, und ihre Stimme klang wie die der andern Wesen, so geistig, dass keine irdische Musik sie wiederzugeben vermag.

»Zu den Töchtern der Luft!« erwiderten die andern. »Die Seejungfrau hat keine unsterbliche Seele, kann sie nie erhalten, wenn sie nicht eines Menschen Liebe gewinnt; von einer fremden Macht hängt ihr ewiges Dasein ab. Die Töchter der Luft haben auch keine ewige Seele, aber sie können durch gute Handlungen sich selbst eine schaffen. Wir fliegen nach den warmen Ländern, wo die schwüle Pestluft den Menschen tötet; dort fächeln wir Kühlung. Wir breiten den Duft der Blumen durch die Luft aus und senden Erquickung und Heilung. Wenn wir dreihundert Jahre lang gestrebt haben, alles Gute, was wir vermögen, zu vollbringen, so erhalten wir eine unsterbliche Seele und nehmen teil an dem ewigen Glücke der Menschen. Du arme, kleine Seejungfrau hast mit ganzem Herzen nach demselben wie wir gestrebt, Du hast gelitten und geduldet, Dich zur Luftgeisterwelt erhoben, nun kannst Du Dir selbst, durch gute Werke nach drei Jahrhunderten eine unsterbliche Seele schaffen.«

Und am Ende auch noch diese herrliche Falle, oder? Sei edel, hilfreich und gut, dann kommst du in den Himmel! Natürlich ist es im Märchen eine Chance für die kleine Seejungfrau; sie kann sich selbst erlösen, braucht den Prinzen nicht. (Erinnern wir uns: Vielleicht hätte sie ja sogar die Chance gehabt, von einem Menschen geliebt zu werden, so, wie sie ist …)

Aber so richtig kraftvoll fühlt sich das nicht an, findest du nicht? Natürlich gibt es auch hier andere Sichtweisen: Die kleine Meerjungfrau wird geradezu heiliggesprochen, weil sie sich so sehr opfert. Nein danke, ihr Lieben, die *kleine wilde Frau* akzeptiert das nicht länger. Wir machen das anders, ja?

Wie wäre es, wenn wir die kleine Meerjungfrau in uns erlösen, indem wir selbst der Mensch sind, der sie liebt? Wir können ihr geben, was sie braucht: Die Liebe eines Menschen. Gute Werke kann sie ja immer noch tun, aber doch nicht länger, *um* erlöst zu werden, sondern *in* der Energie der Erlösung. Sie gibt die Erlösung weiter, nachdem sie diese erlangt hat – denn sonst sind ihre guten Werke nicht wirklich gut. Wenn sie einen Lohn, einen Preis dafür versprochen bekommt, dann schwingt diese Energie mit, dann verströmt sie nicht reine Liebe und Freiheit, sondern auch Bedürftigkeit.

Was machen wir also mit dieser kleinen fehlgeleiteten inneren Kraft, die so sehr liebt und so große Angst hat? Wollen wir die kleine Meerjungfrau in uns nicht endlich heilen? Vorsicht, hier sind einige tiefe Verletzungen gespeichert. Ich biete euch jetzt eine Meditation an; ihr kennt sie womöglich in ähnlicher Form aus »Mit Meditationen zum Wohlfühlgewicht«, Darmstadt 2007. Hier hat sie einen anderen Schwerpunkt:

Meditation: Die kleine Meerjungfrau

Entspanne dich, atme ruhig und gleichmäßig, komm in dir an… Mache dich bereit, hinabzusteigen in das Reich deiner Gefühle, deiner fließenden, weichen und weiblichen Energien.

Du beginnst zu träumen. Du träumst dich in eine Unterwasserlandschaft. Wie durch ein Wunder kannst du auch unter Wasser atmen. Tiefes Blau und kraftvolles Türkisgrün durchströmen dich augenblicklich und es fällt dir sehr leicht, in deine eigene innere Tiefe hineinzutauchen. Die Sonne fällt in das Wasser und durchglitzert es sanft, gerade so, dass du dich sicher und geborgen, dabei wie schwerelos fühlen kannst. Dein Körper ist leicht und geschmeidig, frei wie vielleicht nie zuvor. Du lässt dich treiben, vorbei an wunderschönen bunten Korallen, an zauberhaften Seeanemonen, die sich in der Strömung wiegen. Du erkennst den Boden unter dir. In sanften Wellen breitet sich der weiße Sand vor dir aus. Du sinkst tiefer, ganz leicht, berührst den sandigen Grund und spürst die Festigkeit und Stabilität auch in dieser Landschaft. Wunderschöne Muscheln liegen vor dir. sie sind vertrauensvoll geöffnet. Sie schimmern in allen Farben, rosa, perlmutt, und erinnern dich vielleicht an deine eigene Verletzlichkeit, daran, dass auch du wie diese Muscheln Schalen hast, die du oft viel zu fest zuklappst. Langsam, ohne, dass es etwas zu tun gibt, öffnet sich die Muschel in dir und du beginnst, ihr zartes Inneres zu spüren. Hier, in dieser fließenden, strömenden Landschaft, bist du sicher und willkommen. Du schwimmst achtsam weiter, lässt dich tragen, entspannst dich und spürst, wie vertraut sich dieses Fließen und Strömen des Wassers auch in dir anfühlt. Du schwimmst um einen großen Felsen herum – und begegnest dem zauberhaftesten Wesen, das du je gesehen hast. Es ist eine kleine Meerjungfrau, ein Kind noch. Du schaust die Nixe an und irgendwie kommt sie dir vertraut vor, als sei sie ein lange vergessener Anteil deiner eigenen Kraft.

Nun schau sie dir bitte genauer an. Wie sieht sie aus? Kennt sie dich? Bemerkt sie dich überhaupt? Vielleicht möchtest du dich ihr achtsam nähern, so, dass sie nicht erschrickt. Was tut sie? Ist ihr Schwanz intakt? Es kann sein, dass du nun bemerkst, wie verletzt sie ist. Möglicherweise gibt es eine tiefe Narbe, oder hält sie gar ein Messer in der Hand und versucht, sich den Fischschwanz abzuschneiden oder so zu zerteilen, dass sie damit mehr schlecht als recht an Land gehen könnte. Was immer sie tut, schwimme bitte zu ihr hin und nimm ihr das Werkzeug aus der Hand, mit dem sie sich verletzt. Vielleicht sitzt sie auch einfach da und fühlt sich verloren, oder sie spielt mit Fischen oder Muscheln … Schwimme zu ihr, und frage sie, was sie braucht. Wenn sie sich verletzt hat, was gut sein kann, dann bitte augenblicklich den Unterwasserhilfstrupp zu dir, nimm sie auf den Arm und überlasse sie den heilenden Kräften, die nun angeschwommen kommen, Delphine, erwachsene Nixen, Unterwasserengel, vielleicht auch Neptun, der Hüter der Meere.

Während die kleine Meerjungfrau versorgt wird, entsteht vor deinem inneren Auge eine Szene, die zeigt, wie die verletzte Nixe in diese Situation geraten ist, wozu sie versucht hat, sich den Fischschwanz abzuschneiden oder anders zu sein, als sie ist. Vielleicht erkennst du auch, warum sie sich so allein fühlt.

Du nimmst dich als Kind oder Jugendliche wahr, erlaubst, dass sich eine Situation zeigt, die beschreibt, wie du auf die Idee gekommen bist, es könnte hilfreich sein, das Reich deiner Gefühle zu verlassen. Schaue dir diese Situation genau an und erkenne, an welchem Punkt du dich entschieden hast, »an Land zu gehen«, deine wahre Natur zu verleugnen; deine Hingabe, deine Verletzlichkeit, dein Mitgefühl und deine sanfte, allumfassende Einsicht in jene Welt hinter den Schleiern aufzugeben, um dich anzupassen, so zu sein, wie du sein solltest: Pragmatischer, weniger empfindsam, für andere besser greifbar.

Vielleicht erkennst du, wen du so sehr liebst, dass du an Land gehen wolltest. Vielleicht erkennst du auch, an welchen Punkten in deinem Leben du dich versteckt hast, nicht greifbar warst, dich nicht zeigtest.

Vielleicht hättest du eine Möglichkeit gehabt und sie nicht genutzt; vielleicht war der Raum nie da …

Lasse dich berühren von dem Kind, das mit großen Augen schaut und bemerkt, dass seine weiche, liebevolle, mitfühlende Kraft nicht erkannt wird, dass sie stört und zurückgewiesen oder gar ausgelacht wird. Fühle die Beschämung, fühle, wie wenig das Kind versteht, was es scheinbar falsch macht, spüre, wie sehr es sich dennoch bemüht, sich den Erwartungen anzupassen. Du hattest als Kind keine Wahl, du musstest sein, wie du sein solltest, damit du versorgt wirst. Doch nun kannst du dir selbst geben, was du brauchst.

So gehe bitte als Erwachsener in die Situation hinein, nimm das Kind in den Arm und versprich ihm, von nun an für es zu sorgen. Hole das Kind aus der Situation heraus, sage ihm, dass es liebenswert und genau richtig ist, dass du es liebst; zeige ihm, wohin es gehört, führe es zurück in das Reich des Meeres. Wenn du erkennst, dass es eine Last für jemanden trägt, dann nimm ihm die Last vorsichtig aus den kleinen Händen und gib sie entweder dahin zurück, wohin sie gehört oder überantworte sie dem Schicksal selbst.

Stelle dir jetzt einen wundervollen Strand vor. Gehe mit dem Kind zu diesem Strand und erlaube, dass Delfine oder erwachsene Nixen es abholen und es endlich willkommen heißen können. Alles, was es nun noch immer trägt, kann es getrost am Strand zurücklassen. Die Schutzengel der jeweiligen Personen werden sich liebevoll darum kümmern. Das Kind braucht nicht genau zu wissen, was es für wen trägt; es genügt, die Last am Strand abzulegen, damit diese dahin zurückkehrt, wo sie dienlich ist und hilft, das Schicksal des jeweiligen Menschen zu erfüllen.

Das Kind verwandelt sich nun zurück in die kleine Nixe, die es in Wahrheit ist, schwimmt glücklich und frei zu den anderen, findet seine Spielgefährten und seine ganz besondere Familie. Nimm die Freiheit und die Freude wahr, den Übermut und die Erleichterung, wenn die Meerjungfrau endlich sein darf, was sie ist. Von hier aus, aus dem zarten und doch so kraftvollen Meer deiner Gefühle, sendet sie ihre ganz besondere Kraft in dein Leben.

Sie braucht das Meer nie wieder zu verlassen. Es ist ihr Element, sie kennt sich hier aus und ist hier zu Hause. Wann immer ihre Verletzlichkeit und Zartheit zurückgewiesen werden, schicke sie in die Arme ihrer Meerfamilie. Bitte die erwachsenen Nixen, auf sie aufzupassen und überantworte deine kleine Meerjungfrau von nun an Neptun, dem Hüter und Vater der Meere.

Und jetzt bitte ich dich: Wiederhole die Erfahrung. Bleib diesmal aber im Meer, bleib in deinem Element und begegne dem, den du so sehr liebst, von hier aus. Was ist anders? Ist es möglich? Wirst du wahrgenommen? Und wenn nicht, ist es wirklich so schlimm?

Vielleicht ja, vielleicht aber spürst du auch, dass du in deiner Kraft bleiben kannst, obwohl der andere dich nicht wahrnimmt.

Wie fühlt es sich an, zu wissen, dass du dich liebst, dass du für dich da bist, dass du selbst diese kleine Meerjungfrau in die Arme nehmen und für sie sorgen kannst?

Nimm dieses Gefühl ganz tief in dein Herz und spüre, wie du die kleine Meerjungfrau jetzt, in diesem Moment erlöst.

Und dann komme in deiner Zeit zurück in den Raum, in dem du dich befindest und spüre das Fließen in dir, die Erleichterung, dass dieser so liebevolle und fühlende Teil deiner Selbst gesund und heil werden darf, Raum bekommt, anerkannt wird und sich von nun an in aller Sicherheit zeigen darf.

Fühlt sich das nicht wirklich gut an? Schauen wir noch einmal genauer hin.

In welchen Bereichen flüstert dir die kleine wilde Frau schon lange ihr »Nein« oder aber auch ihr »Ja« ins Ohr? Kann es sein, dass sich der Strom der Kraft genau hier ausdrückt und dich führen will? Sind wir nur deshalb so verbogen, weil wir nicht zuhören, und ist der Weg vielleicht ganz einfach?

Was könntest du heute, und nur für heute, tun oder lassen, wo darfst du aufhören, dich selbst zu schädigen oder beginnen, dich zu unterstützen und dich ernst zu nehmen?

Ein Beispiel: Du liebst Pflanzen und du kennst dich mit Kräutern aus. Wenn du in den Wald gehst, sammelst du Heilkräuter wie andere Pilze. Du weißt, was du damit tun kannst, setzt Liköre und Öle an, heilende Tees, fühlst dich voll und ganz in deinem Element. Du redest nicht viel darüber, willst nicht ausgelacht werden und schämst dich vielleicht sogar ein wenig. Es ist halt dein Hobby. Du machst brav deinen Bürojob, langweilst dich zwar ein wenig, suchst auch nach etwas Neuem, aber so richtig begeistert dich eigentlich gar nichts. Ab und zu schickst du eine Bewerbung los, aber letztlich spürst du: Deine Bestimmung ist das nicht gerade. Aber du musst ja irgendwie Geld verdienen. Ja, natürlich musst du das! Wer nicht?

Und dennoch gibt es Menschen, die sich trauen, ihre Träume zumindest ernst zu nehmen, zu schauen, welche Ausbildungen vielleicht möglich sind, wie man aus dem, was das Herz will, einen Beruf machen kann!

Willst du das, was du da gerade tust, wirklich machen? Nein? Dann ruf Rumpelstilzchen, schüttele den Baum, bitte um Gold und Silber, nutze deine Schöpferkraft und sei guter Hoffnung, dass etwas Neues, Kraftvolles, an dein Herz Angeschlossenes in dein Leben tritt!

Ich gebe dir jetzt eine kleine Auswahl an Themen, die vielleicht ein bisschen Stroh-zu-Gold-Spinnen brauchen könnten:

Schauen wir uns an, was sich in deiner persönlichen Kammer befindet, ja?

Nimm dir bitte etwas zum Schreiben und zeichne eine Art Tabelle. Nachdem du die Beispiele gelesen hast, benenne *dein* Stroh und den Weg, wie du es in Gold verwandeln kannst:

Mein Stroh: *(dein jetziger Zustand)*	Mein Gold: *(deine energetische Erlösung)*
Ich will diese Art von Beruf nicht mehr ausüben. Ich will nicht mehr das Stroh anderer Leute zu Gold spinnen müssen!	Ich erkenne mehr und mehr den Sinn dieser Arbeit und kann meine schöpferische Kraft mit einfließen lassen; ich erkenne den Nutzen, den Dienst, den ich damit leiste und finde so echte Erfüllung – oder ich finde den Mut, meinem Weg zu folgen und öffne mich mutig für neue Möglichkeiten, ich bin auch bereit, die Angst, die dann kommt, auszuhalten und meiner Erfüllung entgegenzugehen.
Ich habe zu wenig Geld.	Ich habe genug Geld, um alles zu bezahlen, was mir wichtig ist; ich lebe in einem Bewusstsein von Fülle. alles, was ich brauche, fließt leicht zu mir. Was ich nicht brauche, lasse ich leicht los. Ich erkenne ganz neue Wege, Geld zu verdienen, es öffnen sich völlig neue Möglichkeiten, die ich heute vielleicht noch gar nicht kenne. Ich nehme die neuen Herausforderungen mutig an.

Ich sehne mich nach einem liebenden Partner.

Ich lebe in einer liebevollen, glücklichen Beziehung, bin erfüllt, glücklich und frei. Ich lebe in einem Energiefeld von Liebe und spüre das auch. Ich bin frei, zu erlauben, dass sich diese Beziehung zur genau richtigen Zeit einstellt und ich vertraue, dass es sie gibt, auch wenn sie noch nicht sichtbar ist – oder aber ich lebe zwar weiterhin allein, bin aber voller Erfüllung und Liebe, weiß, wozu es gut ist und bin damit im Frieden.

Ich versuche, meine Klienten zu heilen und glücklich zu machen, ihnen zu geben, was sie brauchen, bin aber ausgebrannt und leer.

Voller Leichtigkeit gebe ich, was ich geben kann und will. Ich bin Kanal für die Liebe Gottes und sonst nichts. Ich folge dem Strom meines eigenen Lebens und kann loslassen, mich selbst erfüllen und neue Wege gehen. Ich vertraue meiner Führung und der Führung der anderen und ich entscheide, nur noch leichte, friedvolle und auch mich erfüllende Wege zu gehen.

Ich möchte so gern meine Talente verwirklichen.

Leicht und einfach öffnen sich neue Wege. Ich kann geben, was ich zu geben habe. Ich erkenne sich bietende Möglichkeiten und bin bereit, auch ungewöhnliche Wege zu gehen, im Vertrauen auf Gottes Führung. Ich vertraue darauf, dass das, was ich zu geben habe, in Gottes unermesslichem Universum auch gebraucht wird, selbst wenn der Zeitpunkt vielleicht noch nicht sichtbar ist. Solange entwickle ich mich im Stillen weiter. Ich erkenne meine Möglichkeiten auch dann, wenn sie anders aussehen, als ich erwarte.

Ich will endlich gesund sein, aber mein Körper macht nicht mit.

Neue Wege der Heilung zeigen sich. Ich verstehe den Sinn meiner Krankheit, kann sie annehmen oder ich erkenne Möglichkeiten, sie auf ganz andere Weise zu heilen, als ich es vielleicht bisher versucht habe. Ich öffne mich für vollkommen neue Möglichkeiten.

All das hört sich an, als sei das Gold nichts als eine positive Affirmation, aber so meine ich es nicht. Es ist ein Energiefeld. Nimm dir bitte Zeit und spüre genau hinein: Was wäre *dein* Gold für die schwierige Situation, in der du steckst?

Das heißt nicht, dass du weißt, wie du das erreichen kannst, natürlich nicht. Es geht nur darum, ganz bewusst zu fühlen, was fehlt, und die Lösung, zumindest die energetische Lösung, zu beschreiben. Die Müllerstochter wusste ja auch, was zu tun ist; sie konnte es nicht, aber sie hatte klare Vorgaben. DAS ist Schöpfen, verstehst du? Du erschaffst ein Energiefeld von Erfüllung, lässt aber völlig offen, *wie* es sich erfüllt. Die Müllerstochter hat ihre Aufgabe letztlich mit Bravour gemeistert: Zum genau richtigen Zeitpunkt kam Hilfe und es wurde Stroh zu Gold gesponnen – wenn sie es auch nicht selbst getan hat. Das Ergebnis war das gleiche. Natürlich zahlte sie einen Preis dafür, aber ihre Aufgabe hat sie gemeistert, nicht wahr? Sie ist nicht gescheitert und das wirst auch du nicht! Es wird nur Zeit, deine Ziele neu zu definieren, dein Gold zu *benennen*, damit deine Energie eine neue Ausrichtung bekommt. Halte dafür das Gold so offen wie du kannst. Eine Möglichkeit der Lösung ist immer auch die Lösung vom Thema selbst. So nimm in die Goldliste bitte immer auch »Freiheit« mit hinein.

Nun schaue dir deine Liste an und, wenn du magst, schreibe all deine Gefühle auf, die sich einstellen, weil sich dein Gold noch nicht erfüllt hat: Ohnmacht, Wut, Trauer, Verzweiflung, vielleicht auch Gleichgültigkeit, alles, was sich in dir angesammelt hat. Auch das Misstrauen gegen Gott, die Wut auf die göttliche Schöpfung, die Trauer darüber, überhaupt auf der Erde zu sein gehören vielleicht dazu.

Eine Depression entsteht, wenn du dir zu lange verbietest, bestimmte Gefühle einfach zu fühlen. Dein Emotionalkörper wird schwer, verhärtet sich, verliert seine Leichtigkeit und schwingt nur noch sehr langsam. Auch dann, wenn du zuviel gibst, zuviel in andere hineinspürst, dein inneres »Nein« ignorierst, verhärtet sich dieses Energiefeld; es verklebt geradezu. Du spürst nur noch den emotionalen Schlamm und die unterdrückte Wut darüber, dass du nicht »Nein« sagen kannst oder darfst. Die Maschen sind

wie bei einem Fischernetz, das nicht gereinigt und geflickt wird: verknotet und verklebt, es verliert die Durchlässigkeit.
Deshalb hier eine Meditation, mit der du deinen Emotionalkörper reinigen, wenn nötig, gar ganz austauschen kannst:

Meditation: Die Erlösung des Emotionalkörpers

Mache es dir bitte ganz bequem, lege dir schöne Musik auf, sorge für eine ruhige, geschützte Atmosphäre, so, wie du es gewohnt bist, wenn du meditierst. Schließe deine Augen, atme ein paar Mal tief durch, spüre die Unterlage, nimm wahr, wie gut dein Körper von der Erde getragen wird und wie sicher du dich in diesem Moment fühlen darfst.

Lasse los, entspanne dich, so gut es dir im Moment möglich ist. Und dann erlaube, dass vor deinem inneren Auge ein Licht entsteht, eine Lichtsäule, ein Energiefeld, in dem du dich warm, geborgen und von Licht durchströmt fühlst. Es kann golden sein, vielleicht auch kristallin funkelnd, silbrig schimmern oder eine andere Farbe haben, so, wie es für dich im diesem Moment richtig ist. Lade nun deinen oder deine Schutzengel ein, den Prozess zu begleiten. Außerdem bitten wir dein Höheres Selbst, ganz bewusst anwesend zu sein.

Öffne dich dafür, diese ganz besondere Klarheit zu erleben, die dein Höheres Selbst ausstrahlt, und bitte deine Schutzengel, dich an jener Stelle zu berühren, an der du ihn oder sie – wenn es mehrere sind – tatsächlich spürst und bemerkst, im Herzen vielleicht oder an den Schultern. Du entspannst dich mehr und mehr, lässt immer tiefer los, fühlst dich geborgen und frei.

Nun bitte deinen Emotionalkörper, das Energiefeld, jenes Werkzeug, mit dem du Schwingungen als Gefühle wahrnimmst, sich dir zu zeigen: Als Bild, als Gefühl, als Symbol, so, wie du es am besten wahrnehmen kannst. Es kann sein, dass dein Emotionalkörper sehr müde ist, schwer, von Schlacken durchzogen; vielleicht bekommst du das Gefühl, wie ein alter Mann, eine alte Frau zu sein oder da ist vielleicht ist ein großes, dunkles Feld; möglich, du siehst einen Engel, dessen Flügel müde geworden sind oder ein trauriges, einsames Kind oder du nimmst eine schwere Rüstung oder ein alter Mantel wahr. Vielleicht ist dein Emotionalkörper auch sehr leicht und frei; dann freue dich darüber und entspanne dich einfach noch ein bisschen im Licht.

Wenn er aber müde und schwer ist, dann frage ihn, ob er bereit ist, dein irdisches Energiefeld, deinen Körper, zu verlassen und sich auszuruhen. Du bekommst einen neuen, keine Sorge. Sage ihm »Danke« für den unermesslich wertvollen Dienst, den er der Schöpfung erwiesen hat, indem er zur Verfügung stand für all die schweren Energien. Sage ihm aber auch, dass er jetzt nicht mehr hilfreich und dienlich ist, weil du nun neue, leichtere und lichtere Energien fühlen willst. Manchmal ist es ein bisschen schwierig, den Emotionalkörper zum Gehen zu bewegen, weil er so pflichtbewusst ist – und weil du dich so sehr mit ihm identifiziert hast. Mache dir und ihm bitte klar: Er ist ein Werkzeug, das bist nicht DU. Es wird einfach Zeit für ihn, sich auszuruhen und sich in Licht reinigen zu lassen oder sich aufzulösen; dein Emotionalkörper ist ein Energiefeld, ein Werkzeug, kein Teil deiner Essenz.

Bitte deinen Schutzengel, sich des Emotionalkörpers anzunehmen und ihn genau dahin zu führen, wo er sich ausruhen oder in Licht auflösen kann. Das kann ein bisschen dauern; sei geduldig und erlaube ihm immer wieder, zu gehen, er hat seine Dienste mehr als lange genug getan. Stück für Stück verabschiedet sich dieses Werk-

zeug nun von dir, nimmt all die Schwere, alle alten gefühlten Erfahrungen, deine und die der anderen, mit sich. Es ist, als würde ein grauer Schleier aus dir herausgezogen, aus deinen Zellen, deinem Herzen, deinem Gehirn, sogar aus den Knochen. In deinem Emotionalkörper wurde seit Anbeginn deiner Inkarnationen alles gespeichert, was du je gefühlt hast. Damit du wirklich frei wirst, ein neues inneres und vielleicht auch äußeres Leben zu führen, ist es sinnvoll, dieses Energiefeld loszulassen, nicht mehr zu reinigen, sondern wirklich und wahrhaftig vollkommen loszulassen. Dein herkömmlicher Emotionalkörper schwingt in einer bestimmten Frequenz, die er immer wieder herzustellen versucht. Aber sie ist ein wenig zu niedrig für das, was dich erwartet. Mit diesem Emotionalkörper kannst du die neue Energie nicht wirklich wahrnehmen, so brauchst du neue Werkzeuge.

Nach und nach spürst du, wie er geht, wie du freier wirst, und noch während das geschieht, senkt sich ein luftig leichter, silbrig schimmernder, hauchfeiner Schleier über dich und in dich hinein – dein neuer Emotionalkörper, ein Energiefeld, das auf die Frequenz »Freude« ausgerichtet ist.

Es ist, als bekämst du ein Seidenkleid, ein sehr feines, leichtes, engelgleiches Gewand, eine Lichtwolke, mit der du auf eine ganz neue Art fühlen kannst. Du spürst vielleicht Hochachtung und Liebe, eine Art Fürsorge für dieses neue Energiefeld, und du weißt auf einmal: Du wirst nie mehr erlauben, dass es verschmutzt wird. Von nun an stehst du für die schweren Energien anderer nicht mehr zur Verfügung, von nun an, spürst du, wirst du dich auf Licht, Freude und Liebe konzentrieren. Du weißt vielleicht noch nicht genau, wie das geht, aber du spürst, wie eine neue Kraft in dich einströmt, Entschlussfreudigkeit, Willenskraft. Du wirst nicht mehr erlauben, dass dieser so anrührend feine Emotionalkörper über Gebühr belastet und beschwert wird. Wie eine Mutter, wie ein Vater spürst du den Wunsch, dieses feine Energiefeld zu schützen und sorgsam mit ihm umzugehen.

Und nun erlaube, bitte darum, dass dein Schutzengel diesen neuen Emotionalkörper sanft berührt, ihn mit Liebe und Schutz durchströmt. Mit diesem Emotionalkörper kannst du die feine, leichte Energie von Engeln sehr gut spüren. Ganz einfach beginnt er, in der Frequenz der Engel zu schwingen. Liebe und Wärme durchströmen dich und auf einmal wird dir klar: Die Engel waren schon immer da! Dein Werkzeug, mit denen du sie fühlen kannst, war nur zu schwer und zu müde, so konntest du sie nur ganz entfernt wahrnehmen.

Nun bitte darum, dass dein Höheres Selbst deinen Emotionalkörper berührt, und spüre die Reinheit und Klarheit dieses hohen Chakras.

Mehr und mehr verbindet sich dein neuer Emotionalkörper mit deinem physischen Körper, wird über die Chakren mit deinen anderen Auraschichten verknüpft; mehr und mehr durchfließen dich diese neue Leichtigkeit und innere Freiheit.

Entspanne dich noch tiefer, und wisse: Das Leid darf nun aufhören, du bist nicht mehr in Resonanz mit all der Schwere, sie hat sich verabschiedet, eine neue Art zu Fühlen erwartet dich.

Ganz sanft und in deiner Zeit erlaubst du dir, deinen Körper zu fühlen. Deine Umgebung beginnt von ganz allein, sich bemerkbar zu machen. Du nimmst wieder die Geräusche der Außenwelt wahr, Gedanken beginnen, sich auf das Nächstliegende auszurichten, dein Gehirn schaltet von »Entspannung« auf »Tatkraft«, die Nervenzellen verändern ihre Botschaften – befreit, erfrischt und lebendig, voll neuer Schöpferkraft erhebst du dich in deiner Zeit und erlaubst, dass sich dir das Leben von einer vollkommene neuen Seite zu zeigen beginnt.

Das Land deiner Sehnsucht

Ist das nicht wundervoll? Wir haben einen neuen Emotionalkörper, also hören jetzt endlich die schmerzhafte Sehnsucht, die Trauer, der gefühlte Mangel, die Enttäuschungen auf!

Das hoffte ich zumindest, aber natürlich stimmt es nicht. Kennst du diesen gesegneten Zustand, wenn du mit dir selbst vollkommen im Reinen bist? Die *kleine wilde Frau* sitzt fröhlich mit den Beinen baumelnd bei dir, während du in dir ruhend das, und nur das tust, was dir der Tag vorschlägt? Wenn du deinem inneren Fluss folgst und dich innerlich genau da befindest, wo man dich auch äußerlich antrifft? Wenn du also tatsächlich völlig eins mit dir bist, im Reinen, nahezu selig?

Du hast vielleicht ein paar unerfüllte Träume, aber du spürst: Alles ist auf dem Weg. Wenn die Zeit nicht reif ist, dann ist sie eben noch nicht reif; aber du vertraust, dass alles zu seiner Zeit kommt – und wenn nicht, dann vertraust du darauf, dass du im Frieden mit dem bleibst, was dir das Leben anbietet. Sei es, dass du dich nach einer Beziehung oder nach einem Kind sehnst, danach, den richtigen Beruf zu finden, die perfekte Wohnung. Sei es, dass du endlich diese zehn Kilo abnehmen oder genug Geld haben willst oder darüber nachdenkst, das Land zu verlassen, um am Strand zu sitzen, zu meditieren und einfach im Hier und Jetzt anzukommen. Ja, du hast diese Träume! Sie sind für heute nicht erfüllt, aber du bist stabil und glücklich bei dir, trinkst deinen Kaffee oder Tee und vertraust dem Fluss des Lebens. Du fühlst dich in der Fülle, auch wenn noch nicht alles erfüllt ist.

Und dann siehst du diese Wohnungsanzeige, das perfekte

Schnuckelhäuschen, knappe 500 Euro zu teuer, dann lächelt dir dieser Mann zu, du nimmst nur ganz nebenbei eine Frau wahr, die ihr Kind stillt; du schlägst eine Zeitung auf und entdeckst die Bestsellerliste und dein Buch ist nicht dabei, weil es noch nicht einmal geschrieben ist ...

Kennst du diesen Stich im Herzen, der deine Sehnsucht schlagartig wieder in dein Bewusstsein rückt und den mühsam erkämpften Waffenstillstand mit deiner Angst vor Enttäuschung zunichtemacht? Ging es dir nicht bis noch vor einer Sekunde wirklich gut und du warst voller Frieden und Zuversicht?

Die Frage, die sich also stellt, ist folgende:

Wie gehen wir mit unerfüllten Träumen um? Was tun wir, wenn wir aus dem Feld der Fülle in das des Mangels rutschen? Wir haben nur bedingten Einfluss auf die Ereignisse, das haben wir verstanden. Du kannst deine Wohnung noch so sehr nach dem Feng-Shui-Prinzip einrichten, meditieren, magische Rituale durchführen, Familienaufstellungen machen, Bestellungen beim lieben Gott aufgeben, Altes loslassen und »Nein« sagen lernen. Wenn die Zeitqualität nicht da ist, dann ist sie nicht da, und wenn du verrückt wirst. Du kannst nicht zaubern. Egal, was du tust, das Leben lässt sich nicht zwingen, nicht einmal bitten. Es hat seine eigenen Regeln und das weißt du. Selbst wenn du durch magische Rituale und Beschwörungen Energien zusammenziehst, gelingt das nur in jenen Bereichen, in denen dich die Zeitqualität wie eine Welle zu deinem Ziel führt – zumindest solange du einigermaßen darauf bedacht bist, innerlich dennoch im Strom einer höheren Führung zu bleiben.

Da gibt es diese gefühlte Diskrepanz zwischen unserem Willen und dem, was das Leben für uns vorsieht. Im Buch »Channel werden für die Lichtsprache« habe ich bereits darüber geschrieben und bin wohl – zumindest wenn ich die Amazon-Rezensionen richtig interpretiere – von einigen Lesern missverstanden worden. Selbstverständlich können wir durch mutiges Voranschreiten sehr viel dazu beitragen, die Voraussetzungen dafür schaffen, dass unsere Träume wahr werden, genauso, wie wir es durch ängstliches Verharren verhindern können. Wir können ihnen den Weg bereiten, Platz in unserem Leben einräumen, uns innerlich darauf ausrichten. Wir können und sollten uns für ihre Erfüllung öffnen, darauf hinarbeiten, die Zweifel ausräumen, unser gesamtes System auf »Erfüllung« programmieren. So beginnt dieser Weg und hier holen dich viele Bücher über die Kraft deiner Gedanken ab, führen dich ein großes Stück in deine Schöpferkraft.

Das ist eine Menge Arbeit, und wir wissen, es erfordert sehr viel Ehrlichkeit und Mut. Die *kleine wilde Frau* wird dir sehr oft ihr »Nein« entgegenschleudern und dich nachdrücklich zu deinem »Ja« führen. Und doch, ihr Lieben, und auch das wisst ihr: Wenn das Leben nicht will, dann will es nicht.

Wenn die Zeit nicht reif ist, dann ist sie nicht reif. Du kannst und musst dich vorbereiten; aber dieses letzte Stück, das Ende des Weges, ist eine Gnade, ein Geschenk, und es kommt dann, wenn es kommen will, nicht, wenn es dir in den Kram passt. Es kommt immer zur richtigen Zeit, aber selten zu der Zeit, die sich richtig anfühlt, außer, du bist mit diesem speziellen Thema bereits sehr im Fluss. Aber dann hast du die Durststrecke sicher bereits zurückgelegt und weißt dennoch, wovon ich rede.

Wie also gehen wir mit noch unerfüllten Träumen um? Wie mit Enttäuschung? Was tun wir, wenn es nichts mehr zu tun gibt, wenn du dich auf Erfüllung ausgerichtet und alles losgelassen hast, wenn jede weitere Aktivität letztlich nur Kampf wäre? Was tun wir, wenn wir herausfallen aus dem inneren Frieden, weil etwas geschieht, das uns an unsere bislang unerfüllten Träume erinnert, die wir so herrlich unter Kontrolle zu haben glaubten oder mit denen wir tatsächlich für ein paar Sternsekunden im Frieden waren?

Ich werde unterdessen nicht mehr traurig, ich werde wütend, wenn mich meine unerfüllten Träume aus meiner inneren Ruhe reißen. Ich fühle mich – im Gegensatz zu früher – nicht mehr als Versagerin, ich hadere auch nicht mehr mit dem Schicksal oder mache noch eine Familienaufstellung. Ich werde einfach wütend. Nicht, weil der Traum noch nicht erfüllt ist, sondern weil mich meine Sehnsüchte so sehr aus dem herausreißen können, was gerade IST, weil sie eine so große Macht über mich haben. Was soll das? Warum kann ich nicht im Frieden mit dem sein, was gerade IST? Warum beginne ich auf der Stelle zu träumen, wenn ich einen Hauch dessen zu erhaschen glaube, was ich mir so sehnlich wünsche, egal, um was es sich handelt? Ich werde wütend auf mich selbst, auf meine romantischen Träume von einer bestimmten Art zu leben. Wenn die Zeit reif ist und es in meiner Bestimmung liegt, wird es passieren. Und wenn nicht, dann will ich im Frieden damit sein, dass es sich eben nicht erfüllt. Ich weigere mich, in dieser Sehnsucht zu verharren; das fühlt sich wie eine alte emotionale Warteschleife an und reißt mich aus dem heraus, was HEUTE ansteht; zumindest nehme ich es so wahr. Und schon bin ich doch im Hadern, diesmal mit mir selbst.

Kennst du diese Gedanken und Gefühle, diese innere Schleife?

Heute ist so ein Tag. Nun habe ich den riesig großen Vorteil, dass ich darüber schreiben kann, wie ich es gerade tue. Damit bekommt es wenigstens einen Sinn, zumindest kann ich mir das einbilden. Aber ich bin dennoch wütend. Eben führte ich eine Meditation durch, weil ich mal wieder mit einem Thema konfrontiert wurde, das ich wirklich nicht mehr hören, sehen und spüren kann. Ich meditierte also, betete, dass ich aus dem Land meiner Sehnsucht herausgeführt werde, dass ich nur für heute innerlich stabil und im Frieden bin, voller Vertrauen, dass alles zur richtigen Zeit zu mir kommt, dass ich mit meiner Aufmerksamkeit in dem bleibe, was heute ansteht.

Nur noch einmal kurz zum Verständnis: Selbstverständlich richten wir unsere Aufmerksamkeit, unsere Gedanken und unsere bewussten Erwartungen auf Erfüllung; das schrieben Prentice Mulford (und viele andere nach ihm) bereits im 19. Jahrhundert, es ist keine neue Information. Wir räumen alles, wirklich alles, weg, was die Erfüllung blockiert, gehen mutig neue Wege und verabschieden uns von allem, was uns lähmt. Das ist die Voraussetzung und das weißt du längst. Aber was tun wir, wenn sich die Träume und Herzenswünsche dennoch nicht erfüllen oder sagen wir lieber, NOCH nicht erfüllen? Wie bleiben wir im Zustand des Loslassens und des Friedens, auch wenn das Leben ein bisschen länger braucht, weil unsere Wünsche erst maßgeschneidert werden müssen oder die Zeit einfach noch nicht reif ist?

Auf einmal hörte ich eine innere Stimme, die sagte: »Und was wäre, wenn eine Sehnsucht nur für heute mit zu den Energien gehört, mit denen du im Frieden bleiben kannst und darfst?«
Also gut, entschied ich und auf einmal kam mir eine Idee.
Vielleicht ist sie nicht spektakulär, aber sie fühlt sich gut an und deshalb gebe ich sie dir weiter.

Übung

Finde ein Symbol für deine Sehnsucht, einen festen, greifbaren Gegenstand. Ein Herz, wenn du dich nach einer Beziehung sehnst; ein kleines Buch, wenn du so gerne schreiben oder ein Buch veröffentlichen würdest, Babyschühchen, wenn du dir sehnlich ein Kind wünschst; einen verschnörkelten Schlüssel, wenn du noch auf dein Traumhaus wartest; eine Muschel, wenn du am Meer leben willst und noch nicht weißt, wie. Finde ein Symbol und trage es für heute stellvertretend für deine Sehnsucht mit dir herum. Nicht als Symbol für Erfüllung, wie wir es sonst oft tun, sondern als zur Materie gewordenes Symbol für deine Sehnsucht. Auch diese Sehnsucht gehört zu dir und will in Würde getragen werden. Wenn wir sie abspalten und unter Kontrolle zu bringen versuchen, scheitern wir wahrscheinlich. Nimm diese Sehnsucht heute in Form eines Symbols ganz bewusst mit in dein Leben, in deinen Alltag und lebe damit. Versuche nicht, sie zu ändern, tue nichts, um deinen Traum zu erfüllen, außer, du spürst einen ganz klaren Impuls.

Denn wie wäre es, wenn wir unsere Sehnsucht tatsächlich einmal umarmten? Das habe ich schon ein paar Mal gehört und es nervt mich jedes Mal, weil es für mich immer wieder wie »Richte dich bitte endlich im Mangel ein und gib dich zufrieden mit dem, was du hast« klang. Auch wenn das nicht die Botschaft war.

Wenn mir jemand sagt, ich solle mich mit dem zufriedengeben, was ich habe, dann werde ich wirklich ungehalten: Weil das für mich bedeutet, meine tiefsten Wünsche und Sehnsüchte zu unterdrücken – dabei sind es genau diese Sehnsüchte, die uns führen. Wir müssen alles dafür tun, dass sich unsere Sehnsüchte erfüllen, denn *sie* sind es, die uns auf den Weg unserer Bestimmung bringen. Gottes Wege sind verschlungen und unergründlich; aber wir haben ja unsere Herzenswünsche, die uns den Weg weisen. Nehmen wir die Sehnsucht selbst in unser Herz, wie ein inneres Kind, wie einen Teil unseres Selbst.

Mir geht es damit besser. Nur für heute nehme ich die Sehnsucht mit in mein Leben. Ich trage sie mit mir herum, weil sie ein Teil meines Lebens *ist*, zumindest heute.

Damit achte und ehre ich auch diesen unerfüllten und schmerzhaften Anteil meines Lebens. Es darf sich ändern, aber wenn nicht, dann gebe ich ihm heute Raum und nehme ihn mit in mein Herz.

Noch einmal: Das Besondere ist, dass wir nur für *heute* diese unerfüllte Sehnsucht ehren, ihr Raum verschaffen – ohne etwas zu ändern.

Es gibt unzählige Rituale zur Wunscherfüllung, Heute achten und ehren wir das *Unerfülltsein*, denn auch diese Energie gehört zum Leben und will Raum erhalten. Wir können im Frieden bleiben, *weil* wir die Sehnsucht zulassen, *weil* wir sie lassen, wie sie ist, *weil* wir sie wie ein inneres Kind achten und annehmen.

An dieser Stelle bemühe ich jenen Vergleich, den ich bis jetzt weitgehend vermieden habe, weil er so klischeehaft klingt:

Wie eine Muschel aus dem Sandkorn, das sie schmerzhaft reibt, die wunderschönste Perle entstehen lässt, so nehmen wir die Sehnsucht in unser Herz und machen das Beste daraus. Sie darf sich ja erfüllen, aber bis dahin geben wir ihr einfach einen guten Platz.

Lassen wir nicht mehr zu, dass die Sehnsucht nach einem anderen Leben uns aus unserem ureigenen Strom reißt, denn dieser

Strom ist es, der uns unweigerlich zur Erfüllung führt. Er dreht vielleicht nur noch eine Schleife, weil wir noch einen Schlüssel, einen Baustein, eine Erkenntnis oder eine Erfahrung brauchen – es sei denn, wir stehen gar nicht mehr im Strom unseres eigenen Lebens!

Denn was passiert energetisch, wenn uns die Sehnsucht erwischt? Wir wechseln das Energiefeld und vollführen einen Quantensprung nach innen.

Ich setze voraus, dass du dich längst und dauerhaft ausgerichtet hast und dass es nichts mehr gibt, das du zur Erfüllung beitragen kannst, das verstehst du, nicht wahr? Sonst ist die Sehnsucht ein wichtiger Wegweiser, der dich führen will und dir gerade durch den Schmerz die Kraft geben möchte, dich dahin zu wenden, wo Erfüllung auf dich wartet. Dann ist es, als ziehe dich die *kleine wilde Frau* in eine bestimmte Richtung und dem solltest du natürlich so rasch wie möglich nachgeben. Was aber, wenn die *kleine wilde Frau* seelenruhig ihren Geschäften nachgeht und sich bereits auf die Erfüllung ihres Herzenswunsches vorbereitet? Ich sehe sie in einem kleinen Häuschen. Sie deckt den Tisch und kocht, weil sie (symbolisch gesehen) Gäste erwartet, weil sie also mit absoluter Sicherheit weiß, dass ihr Herzenswunsch bald in Erfüllung geht. Du selbst aber könntest dir die Haare vom Kopf reißen, weil du dich so sehr im Mangel fühlst, weil du vor Ungeduld und Angst vor Enttäuschung fast verrückt wirst. Was ist geschehen?

Wir rutschen ab und fallen zurück auf die Astralebene, die Ebene der Projektionen, Sehnsüchte, Illusionen und Erwartungen. Wir spüren unsere tiefe, schmerzhafte Enttäuschung. Ent-Täuschung meint das Wort, das haben wir unterdessen auch herausgefunden, na, wie schön. Der Schmerz der Enttäuschung wird dadurch nicht weniger, oder? Fühlst du dich besser, weil die Täuschungen aufhören, weil du weißt, du hast dich getäuscht? Also, ich nicht, auch wenn natürlich genau hier die Kraft steckt, uns für einen neuen Weg zu öffnen.

Bleibt die Frage, meine lieben Freundinnen: Wer oder was hat uns denn getäuscht? Sind wir das selbst? Und wenn ja, wie können wir uns vertrauen, wenn wir uns trotz aller spirituellen Ausrichtung so täuschen können?

Wenn du wirklich angebunden bist an deinen eigenen Strahl, wenn du Klarheit und diese kristalline Wachheit spürst, dann bist du voller Vertrauen und Zuversicht. Du spürst die herrschende Energie, bist erfüllt von ihr und beschäftigt mit dem, was gerade fließt, spürst die Kraft und Präsenz des Lebensstromes. Mühsam hast du dich in den letzten Jahren von all den Illusionen befreit, hast die Prinzessinnenträume aufgegeben, bist erwachsen geworden, herangereift zur Königin im eigenen Reich. Die innere Göttin ist spürbar und präsent. Dein inneres Kind lebt glücklich in der Obhut seiner inneren Mutter, du bist fest verwurzelt in deinem Leben und spürst deine Bestimmung. Es gibt Bereiche, da bist du noch auf dem Weg, aber du weißt: Du BIST auf dem Weg, du gehst ihn, und zu richtigen Zeit wird alles so kommen, wie es dich bestmöglich erfüllt. Das weißt du, wenn du im Feld der Klarheit stehst. Es ist, als würdest du die Dimension wechseln, als hättest du eine Ebene erreicht, in der du dich nicht einmal mehr durch deine eigenen Träume und Illusionen beirren lässt (oder sollte ich lieber sagen, durch deine eigene Ungeduld und romantischen Vorstellungen von was auch immer); eine

Ebene, die klarer ist als alles, was du zuvor erlebt hast. Auf dieser Ebene, in dieser Dimension kannst du den Dingen ihren Lauf lassen und du spürst, sie verwirklichen sich besser als alles, was du dir ausdenken könntest, besser als alles, was Hollywood dich je glauben und hoffen ließ.

Es geschieht leicht, diesen Quantensprung nach innen zu vollziehen, denn du bist noch nicht besonders stabil in der Dimension der Klarheit. Eine bestimmte Musik, ein Film, ein Artikel, ein Buch, welche die entsprechende Frequenz in sich tragen oder zumindest in dir ansprechen: Und schon bist du im alten Film von Erfüllung und Glück. Beide wirst du erlangen – das Problem ist der *Film* dazu, verstehst du? Denn dieser *Film* ist die Täuschung, jene Illusion, von der wir genesen dürfen.

Kennst du folgenden Satz von Janis Joplin:
Wenn wir unsere Träume verwirklichen wollen, müssen wir zunächst aus ihnen erwachen?

Nun, diese Erwachen ist wie eine Geburt: Schmerzhaft, blutig, unwiderruflich und sehr kraftvoll. Selbstverständlich wirst du erfüllt werden, aber vielleicht auf andere Weise, als du es dir bislang ausgemalt hast und ganz bestimmt zu einem anderen Zeitpunkt. Nach der (meistens wirklich äußerst schmerzhaften und langwierigen) Ent-Täuschung kommen unweigerlich Klarheit und Erfüllung, weil sich deine Herzenswünsche nicht irren können. Die Ent-Täuschung ist nicht nur ein Gefühl, sondern ein *Prozess*, der dich neu ausrichtet.

Dein Ärger ist ein eindeutiger Hinweis darauf, dass du zwar wieder abgerutscht, aber nicht mehr verhaftet bist. Wärest du in diesem Bereich deines Lebens noch in der Astralebene verhaftet, kämen auch all die Gefühle, die Hoffnungslosigkeit, die Trauer.

Schauen wir uns noch einmal die kleine Meerjungfrau an. Ich liebe dieses Märchen, habe mich lange Zeit sehr mit seiner Hauptfigur identifiziert. Aber erinnern wir uns: Ich war ja auch co-abhängig, esssüchtig und unglücklich (und der Autor, Hans Christian Andersen, litt Zeit seines Lebens an einer tiefen Depression …)!
Ich möchte dir eine neue Kraft vorstellen:

Die kleine wilde Meerjungfrau

Sie tollt im Wasser herum, fühlt sich frei in ihrem Element. Auch sie verliebt sich beim ersten Auftauchen in den Prinzen, rettet ihn, als sein Schiff kentert, vor dem Ertrinken – aber sie versteckt sich nicht! Sie bleibt bei ihm, so, wie ihr das möglich ist und als er aufwacht, stellt sie das Leben auf die Probe. Das nennt man reality-check, Realitätsprüfung. Eine Realitätsprüfung erfordert Mut, aber ohne sie bleibst du im Energiefeld der Wünsche, Hoffnungen und Illusionen gefangen. Du kannst nicht mehr enttäuscht werden, wenn du die Täuschung erst gar nicht mehr zulässt, verstehst du? Deine Herzenswünsche werden sonst zum gefundenen Fressen für die *Sucht, sich zu sehnen*, anstatt der Wegweiser zu deiner Bestimmung zu sein.

Die kleine wilde Meerjungfrau zeigt sich, mutet sich die Realität zu, indem sie die Reaktion des Prinzen abwartet. Ob dieser »Prinz« ein neuer Beruf ist, ein Mann, ein Haus, eine neue Art, dich zu fühlen oder überhaupt zu leben, ist ganz gleichgültig. Sie zeigt sich und stellt dich dem Leben, fordert es heraus.

Nun gibt es zwei Möglichkeiten: Der Prinz verliebt sich ebenfalls in sie und sie sehen zu, wie sie eine Beziehung miteinander aufbauen können, bereichern sich gegenseitig durch ihre unterschiedlichen Welten und teilen das, was ihnen möglich ist. Stelle dir bitte vor, wie unglaublich spannend das werden könnte! (Gut, wie die beiden Sex haben können, müssen sie selbst herausfinden – aber auf die kleine wilde Meerjungfrau können wir uns sicher getrost verlassen!)

Die andere Möglichkeit: Er verliebt sich nicht. Dann trauert sie vielleicht ein paar Tage oder Wochen, aber sie verlässt nicht ihren Kraftstrahl. Sie bleibt in ihrem eigenen Licht stehen und lässt sich führen. Sie verharrt nicht in der Sehnsucht, in der Hoffnung, in der Täuschung, sondern schwimmt weiter und bleibt handlungsfähig. Dann weiß sie eben, dass es nicht sein soll und vertraut den Wellen ihres Lebens.

Eine kleine wilde Meerjungfrau würde sich für nichts und niemanden den Schwanz abschneiden lassen, weil hier der Sitz ihrer Kraft ist, und das weiß sie sehr genau. Ohne Schwanz ist sie nicht mehr, wer sie ist und damit kann sie nur verlieren.

So mache dich bitte auf, begegne der kleinen wilden Meerjungfrau, lasse sie mit Delfinen und ihren Meerjungfrau-Geschwistern schwimmen, ihren irdischen Prinzen lieben und gleichzeitig in ihrem Element bleiben!

Wir sollten unsere Herzenswünsche dahin zurückholen, wohin sie gehören: In unser Herz. So befreien wir sie aus den Klauen der Täuschung und nehmen sie mit ins Land der kristallinen Klarheit.

Die dunkle Seite der Sehnsucht (wenn wir sie nicht als Wegweiser, sondern als Raum der Illusionen und Verhaftungen verstehen) ist eine besonders perfide Sucht, weil sie in zartrosa Gewändern und voller Musik und Anmut, voller Versprechungen daherkommt.

Aber sie ist die gemeinste und schäbigste Sucht, weil sie sich mit Romantik verbrämt, sich einen zarten, das Herz berührenden Schleier nach dem anderen überwirft. Sie täuscht dir Gefühle vor, Liebe, Hoffnung.

Die »helle Seite« der Sehnsucht, der innere Wegweiser, fühlt sich hingegen licht und warm an, kraftvoll, wie ein Auftrag des Lebens an dich. Und das ist sie ja auch.

Die dunkle Seite verführt dich und bringt dich vom Weg ab. Wir kennen diese Kraft aus unzähligen Sagen, zum Beispiel die Sirenen des Odysseus. Sie versprechen dir das Blaue vom Himmel herunter und wollen doch nichts als deine Lebensenergie. Dahinter steckt ein zynisches Spiel mit deinen Herzenswünschen, mit deiner Kraft, mit dem, was dir heilig ist. Hier kapitulieren wir nicht, ihr Lieben, hier wenden wir unsere Macht an. Wir erlauben nicht länger, dass unsere tiefsten, heiligsten Wünsche zum Spielball der völlig unverantwortlichen dunklen Wesen der Sehnsucht werden. Denn wie wir für unseren Glauben verantwortlich sind, weil hier unsere stärkste Kraft gebündelt wird, sind wir auch für unsere Herzenswünsche zuständig. Nicht für ihre Erfüllung, sondern für den liebevollen, achtsamen und pfleglichen Umgang mit ihnen. Deine Herzenswünsche sind deine Leuchtfeuer. Sie weisen dir den Weg zu deiner Bestimmung wie die Leitlichter einer Landebahn. Wenn wir das wissen, werden wir nie wieder erlauben, dass sie anders als äußerst respektvoll behandelt werden.

Kennst du das Buch »Die unendliche Geschichte« von Michael Ende?

Es gibt eine Passage, in der der Junge Bastian Balthasar Bux die ewig weinenden Wesen aus dem Tal der Tränen erlösen will. Diese Acharai, die hässlichsten Wesen Phantásiens, weinen ständig aus Kummer über ihre Hässlichkeit und waschen mit der Tränenflüssigkeit ein besonderes Silber aus der Erde. Sie tun ihm leid, weil sie immer weinen; aber es sind ihre Tränen, die das Silber aus dem Erz herauswaschen und damit wunderschöne filigrane Kunstwerke aus Silber erschaffen. Die verwandelten Wesen werden zu flatterhaften, albernen, unreifen, alles zerstörenden und nichts mehr ernst nehmenden Geschöpfen, den sogenannten Schlamuffen.

Genau so erlebe ich das dunkle Wesen der Sehnsucht, auch wenn es noch so majestätisch oder Ehrfurcht gebietend daherkommt. Das ist nur eine Maske. Die dunkle Sehnsucht nimmt nichts von dem, was dir wichtig und heilig ist, ernst; sie spielt mit deinem Herzen wie die gemeinen Kinder aus der dritten Klasse, die deine Mütze so lange hin und her warfen, bis sie im Dreck lag. Schluss damit. Ernsthaft.

Es sind nicht »die Männer«, »das Leben« oder was immer du dir ausgedacht hast, die mit deinem Herzen und mit deiner Kraft spielen. Es ist die dunkle Seite der Sehnsucht (ich möchte kein anderes Wort dafür finden; ich empfinde das Wort »Sehnsucht« als doppeldeutig, aber es steht dir frei, es anders zu nennen) und die lebt im Reich der Projektionen, ernährt sich von der Kraft unserer heiligen Wünsche.

Aber nicht mehr von meinen! Und auch du brauchst deine Wünsche nicht mehr zur Verfügung zu stellen. Die Männer, die du anziehst, die Ereignisse und Situationen, das Leben, das du führst, spiegeln nur deine energetischen Erfahrungen, das wissen wir längst. Sie sind die Exekutive, die vollziehende Gewalt, die ausführende Kraft der Energien, mit denen du dich herumschlägst, denen du deine Aufmerksamkeit und damit deine Lebenskraft schenkst.

Noch einmal zum Verständnis: Dringliches Suchen, dieses brennende drängende Gefühl, etwas tun zu müssen, einen bestimmten Weg beschreiten zu wollen, ist nicht Sehnsucht, sondern die Richtschnur, mit der du deiner Bestimmung folgst.

Dunkle Sehnsucht ist dieser klebrige, verzweifelte und ohnmächtige Zustand der Nichterfüllung, der dir vorgaukelt: Wenn du dich nur noch ein bisschen mehr anstrengst, dann bekommst du, was du willst. Hast du die grausamen Jungs oder Mädchen vom Schulhof jemals durch deine Tränen, deine Drohungen und dein Jammern beeindruckt? Sie werfen deine Mütze dann und erst dann in den Dreck, geben sie also wieder frei, wenn du ausgesaugt bist und sie sich an deiner Verzweiflung gütlich getan haben. Da gibt es keine Gnade und kein Mitgefühl.

Es ist genug. Zeigen wir diesen Geschöpfen, den inneren Schlamuffen, wer in unserem Leben die alleinige Verfügungsgewalt über unser Herz und unsere heiligsten Wünsche hat.

Meditation: Die Rettung unserer Herzenswünsche

Entspanne dich wie immer ein wenig, schließe deine Augen. Rufe die kleine wilde Frau mit all ihrer Kraft zu dir und wage dich hinein in jenen Teil der Astralebene, in der deine Täuschungen stattfinden. Vielleicht spürst du diese Ebene auch schon beim Lesen dieses Textes. Es kann sein, dass die kleine wilde Frau nun gar nicht mehr so klein ist, sie kann dir wie ein Engel erscheinen, wie eine Kriegerin, lasse sie sein, wie sie ist. Sie weißt genau, welche Kraft du brauchst. Sieh nun bitte das Wesen der Sehnsucht, du brauchst es nicht herbeizubitten, du erkennst es bereits in einiger Entfernung. Wie sieht es aus? Ist es ein Wesen oder eine ganze Gruppe? Wie immer du es wahrnimmst, schaue, wie es sich anfühlt. Es kann sein, dass es zauberhaft aussieht, oder auch gemein und bösartig, ganz harmlos oder verspielt wirkt. Vielleicht ist es gar ein Teil deiner eigenen Kraft, eine fehlgeleitete Amazone, ein verletzter Teil des inneren Kindes. Nun erinnerst du dich bitte an das Symbol, welches für deinen Herzenswunsch steht: Ein Herz, ein Ball aus rosa Zuckerwatte, ein Babyschuh, ein Schlüssel oder etwas ganz anderes. Schaue bitte, wie das Wesen mit deinen Herzenswünschen umgeht. Was genau macht es damit?

Vielleicht hält es das Symbol nur achtlos fest, vielleicht spielt es damit, sieh bitte, auf welche Weise dein Herzenswunsch missachtet wird. Nimm vor allem wahr, wie sich das anfühlt; es kann sein, dass du traurig wirst, vielleicht aber auch wütend oder ungeduldig.

Gehe nun hin zu dem Wesen, entweder du selbst oder die kleine wilde Frau und sag ihm:

»Gib mir mein Herz zurück!«

oder was immer es in der Hand hält. Wenn du magst und es sich richtig anfühlt, dann lass dir zeigen, auf welche Weise du erlaubt hast, dass sich das Wesen der Sehnsucht oder ein innerer, verletzter oder unachtsamer Teil deines Herzenswunsches bemächtigt hat. Schaue, was es dir zeigt. Vielleicht warst du selbst unachtsam, hast deinen Herzenswunsch einfach herumliegen lassen; vielleicht hast du ihn diesem Wesen oder inneren Anteil gar in die Hand gedrückt, weil du so wütend auf das Leben warst. Was immer passiert ist, es ist Zeit, deinen Herzenswunsch zurückzuerhalten.

Was geschieht nun? Gibt dir das Wesen dein Symbol ohne Zögern zurück?

Sage ihm, dass dieser Herzenswunsch nicht mehr zur Verfügung steht, dass du ihn zurückforderst und wisse, es gibt gar keine Diskussion darüber. Du hast die Macht auf deiner Seite! Das Wesen kann und wird sich nicht auf einen Kampf mit dir einlassen, weil es keine spirituelle Befugnis hat, wenn du die Verantwortung übernimmst. So bitte nicht, sondern fordere. Es kann sein, dass nun viele Gefühle spürbar werden, vielleicht alte Trauer, all die Enttäuschung, Wut, Angst, Ärger. Möglicherweise wird dir auch noch einmal klar, wozu du diesen Herzenswunsch so kläglich missachtet hast, wie es passieren konnte, dass er in die Hände dieser nicht sehr hilfreichen Kraft gelangen konnte. Wenn nicht, ist es auch in Ordnung, die Hauptsache ist, du hast ihn endlich wieder selbst in der Hand. Spüre nach, was du fühlst, aber werde dir insbesondere deiner Macht bewusst.

Schaue dir nun bitte das Symbol an, wie sieht es aus? Sicher braucht es eine Reinigung. Verlasse das Energiefeld der Illusionen und Enttäuschungen und tritt wie durch einen Schleier oder eine Wand aus Licht hinein in die Dimension der Erfüllung, hinein in das Reich der Klarheit. Es kann sein, dass du das Gefühl hast, wie durch eine Wasserwand hindurchzuschreiten, eine kristalline Energie, die dich von Grund auf reinigt.

Hier im Feld der neuen Energie gibt es alles, was du brauchst, um dein Symbol, deinen Herzenswunsch reinzuwaschen. Schaue, was nötig ist! Vielleicht willst du es unter einer klaren Quelle reinigen; oder es verträgt kein Wasser und es gibt andere Wege.

Diese Ebene ist kristallklar, silbrig schimmernd, vielleicht auch golden und warm, sie fühlt sich sehr rein und frei an. Nun schau, was du mit deinem Herzenswunsch tun möchtest. Vielleicht nimmst du ihn in dein Herz hinein. Vielleicht zeigt sich ein Wesensanteil, zu dem dieser Herzenswunsch gehört, eine Hüterin, das innere Kind, die innere Mutter, die innere Geliebte… dann gib ihn dahin zurück, wohin er gehört. Möglicherweise findet die Reinigung auch erst jetzt statt, vielleicht will die Hüterin deines Herzenswunsches das lieber selbst übernehmen.

Wie fühlt sich das an?

Bitte spüre nun, wenn du willst, ob der Teil, das Wesen, das deinen Herzenswunsch so misslich behandelt hat, noch etwas braucht. Wenn es ein Teil deiner Selbst ist, dann frage ihn, welchen Dienst er leisten möchte, welches seine ursprüngliche, unverfälschte Kraft ist und ob er bereit ist, dir von nun am im Dienste der Wahrheit zur Verfügung zu stehen. Wenn es ein Teil der Astralwelt ist, dann verlasse diese Ebene. Segne es, wenn du magst, schicke ihm einen Lichtstrahl, damit er die Möglichkeit hat, ins Reich des Lichtes aufzusteigen, falls er das will. Aber dann gehe.

Wisse, dass dein Herzenswunsch nun in den allerbesten Händen ist, dass du freier und freier wirst von Enttäuschung, von Sehnsucht und von Verstrickungen. Du bist nun frei, und dein Wunsch wird sich zur richtigen Zeit und auf die richtige Weise erfüllen, wie sich eine Blüte sanft öffnet, wenn die Zeit reif ist.

Ich nehme diesen neuen Raum, der jenseits aller Projektionen ist, als sehr klar, kristallin schimmernd und beinahe furchteinflößend kraftvoll wahr. Hier weht mir der frische Wind der neuen Energie um die Nase und immer, wenn ich versuche, diese krafterfüllte Leere mit inneren Bildern oder Vorstellungen zu füllen, lösen sie sich auf der Stelle wieder auf. Hier funktioniert das Visualisieren nicht mehr und das ist gut so! Wenn du dich in diesem Energiefeld befindest, kannst du ganz leicht erkennen, was noch zu dir gehört und was nicht. Bitte die Menschen, die du liebst, deinen Beruf, das, was du überprüfen möchtest, zu dir in diesen äußerst klaren Raum – und schaue, was damit geschieht. Einige Menschen oder Gegebenheiten werden wie magnetisch abgestoßen (du kennst das Gefühl, wenn sich Magneten abstoßen, so spüre ich es hier auch), andere halten sich vielleicht ein paar Sekunden, verschwinden dann aber. Nur das, was Bestand hat und erfüllt ist von echter Tragkraft, kann sich in diesem neuen Raum behaupten. Es kann sein, dass du dich verloren fühlst in all dieser kristallinen Klarheit. Bitte bleibe dennoch hier und erlaube, dass sich dieser Raum zu füllen beginnt. Das, was dir hier begegnet, ist stabil und verlässlich. Es sind keine Projektionen aus der Astralwelt, sondern echte Chancen, die eine neue Zeit einläuten und überhaupt erst ermöglichen!

Es kann sein, dass du auf einmal ganz neue Fähigkeiten entwickeln willst, Energien, die bislang im Verborgenen blühten, entfalten möchtest. Nimm das bitte ernst, dadurch entsteht ein neuer Raum in dir, neue Ausdrucksmöglichkeiten. Nimm bitte deine Impulse ernst und gib der *kleinen wilden Frau* die Möglichkeit, sich zu zeigen. Lerne singen, Schlittschuhlaufen, Meditationen führen, Teddybären nähen, ein Flugzeug lenken, italienisch kochen, Kräuterwanderungen organisieren, Gärten gestalten, studiere Maschinenbau ... Es ist lebenswichtig, dass du deinen nach außen, nach Verwirklichung drängenden Impulsen nachgehst und das spürst du auch – sie schieben sich jetzt nachdrücklich in dein Bewusstsein.

Warum?

Weil das deine Angebote an das Leben sind, der Raum, den die schöpferische Energie nutzt, um sich durch dich auszudrücken. Wenn du diese neuen Fähigkeiten entwickelst, wirst du wahrscheinlich mal wieder mit Scham, Angst oder genau jenen Anteilen konfrontiert, die sich durch den Erfolg und die Strahlkraft deiner speziellen Vorbilder lähmen lassen. Wenn du zum Beispiel nicht malen kannst wie Matisse, dann fängst du erst gar nicht an. Aber auch das kennen wir ja mittlerweile und wir haben diese inneren Hürden oft genug gemeistert. So tue es bitte trotzdem, denn die neue Energie braucht neue Wege, sich auszudrücken, auch in dir und durch dich. Die alten Wege, seien sie auch noch so brillant, genügen einfach nicht mehr.

Wenn du nicht singen kannst wie Sarah Connor, Mariah Carey, Liza Minelli oder Katja Epstein, dann probierst du es nicht einmal? Meine liebste Freundin, bitte singe so, wie DU eben singst. Bitte stelle dem Universum deine Stimme zur Verfügung, damit sich dein wundervolles Herz durch deine Lieder zeigen kann. Nähe uns die süßesten Teddys der Welt, unsere inneren Kinder brauchen sie. Zeige uns, wie du ein Flugzeug lenkst, baust oder entwirfst; wie du den perfekten Motor entwickelst; die ideale Lösung für den sozialen Wohnungsbau findest, wunderschöne, günstige, kreative, glücklich machende Wohnungen mit viel integrierter Hoffnung – gib der neuen Energie Raum, sich durch dich auszudrücken! Womit kennst du dich wirklich aus? Wo spürst du Handlungsbedarf, in welchen Bereichen hast du gute Ideen? Wohin fließen deine Energie, deine Aufmerksamkeit? Genau da wirst du gebraucht.

Deine *kleine wilde Frau* umarmt dich voller Stolz und Freude.

Spieglein, Spieglein an der Wand …

Oh, vor diesem Kapitel würde ich mich am liebsten drücken. Aber ich komme nicht darum herum, wenn ich mich als vertrauenswürdig erweisen will. Wir sind Frauen, und wir müssen uns mit dem Thema Schönheit auseinandersetzen, egal, wie emanzipiert, frei und selbstverantwortlich wir unterdessen leben.

Die *kleine wilde Frau* sagt Folgendes über Schönheit, zumindest zu mir:

Das Leben selbst ist ein idealer Ausdruck von Kraft. Du bist schön, weil du lebendig bist. Du kannst nicht anders sein als schön, wenn das Leben durch dich hindurchfließen darf, wenn du deine Liebe, deine Tränen, dein Lachen, deine Träume, deine Wut, deine Sehnsüchte zeigst. Das Leben ist schön, weil es natürlich ist und frei, und als Ausdruck des Lebens kannst du gar nicht anders als schön sein.

(Für sie ist dieses Thema so selbstverständlich, dass sie gar nicht viele Worte braucht …)

Das ist nett, es stimmt, aber damit können wir keine Klamotten einkaufen gehen, oder? Holen wir uns, wie immer, da ab, wo wir stehen: Vor dem Spiegel, während wir selbstkritisch in unsere mehr oder weniger vorhandene Taille kneifen und ganz objektiv (und irgendwie traurig) unsere dünnen Haare betrachten. Wir lieben uns, skandieren wir vor dem Spiegel, weil wir das so gelernt haben; aber natürlich ist das Unsinn. Wir lieben uns, okay, aber wie viel leichter wäre es, uns zu lieben, wenn wir endlich die Haare aus der »Weil ich es mir wert bin«-Werbung hätten? (Noch perfider, weil er dich in die scheinbare Gemeinschaft der Frauen hineinzieht und deine Sehnsucht nach Nähe anspricht, ist dieser Satz: »Weil wir es uns wert sind!«) Bist du anfällig für Schönheitsversprechen? Hat Schneewittchens böse Königin auch bei dir ganze Arbeit geleistet? Stehst du wie sie vor dem Spiegel und schämst dich trotz allen spirituellen Wachstums für deinen Bauch, deine Arme oder die Falten unter deinen Augen? Brauchst du permanente Bestätigung und brichst du innerlich zusammen, wenn sie zu lange ausbleibt?

Vielleicht geht es dir wie so vielen von uns: Wenn es dir gut geht, wenn du eins mit dir bist, dann gefällst du dir und du erkennst dich als einen wundervollen Teil der Schöpfung an. Du denkst nicht über dein Aussehen nach, sondern gehst einfach gut mit dir um, pflegst dich – aber nicht, um zu gefallen, sondern aus Ausdruck deiner Wertschätzung an die Schöpfung, zu der du selbst ja auch gehörst. Wenn aber irgend etwas nicht so läuft, wie es das sollte, rutschst auch du in die bösartige Vorstellung hinein, alles wäre ganz anders, wenn du nur schöner wärst, dünner, größer, kleiner, jünger ... Und manchmal stimmt es sogar; dann hast du endgültig verloren. Dass du dann sowieso nicht gemeint warst, kommt dir zwar in den Sinn, beeindruckt aber den Schmerz, mal wieder nicht gut genug zu sein, nicht besonders.

Erinnerst du dich noch an die Astralebene, die Welt der Illusionen und Vorstellungen? Nun, hier haben wir einen wirklich kraftvollen, funktionierenden Raum geschaffen, ein kollektiv wirksames Energiefeld von Ideen darüber, wie wir sein sollten, damit wir liebenswert und in jeder Hinsicht erfolgreich werden. Dieser spezielle energetische Raum, die Welt der Barbiepuppen, der Models, der Schönheitschirurgie und der teuren

Gesichtscremes ist uralt. Wir erschufen ihn als einen der ersten Astralräume, gleich zu Beginn unseres Abstiegs in die Dichte. Bestimmt hatten schon die Steinzeitmenschen ihre Vorstellungen von Schönheit, das können wir ruhig unterstellen. Wozu erschufen wir diesen astralen Spiegelsaal der Eitelkeiten, wie entstand er? Nun, als wir aus dem Licht in die Dichte hinabstiegen, bemerkten wir entsetzt, dass wir uns nicht mehr ganz wie von selbst an den großen, unermesslich lebendigen Strom der Liebe angeschlossen fühlten. (Ich sage: fühlten! Natürlich waren und sind wir angeschlossen, es gibt ja gar nichts anderes. Aber wir spürten es nicht mehr.)

Wir begannen, um Liebe zu kämpfen; wir begannen, dafür zu bezahlen; wir versuchten, besser zu sein als andere, begehrenswerter – das Spiel der Dualität begann. Deshalb sind wir hier, erinnern wir uns bitte daran! Und es steht uns frei, auszusteigen.

Wenn es uns nicht so gut geht – und es genügt schon, ein paar Hormonschwankungen zu haben – fallen wir energetisch ein Stück nach unten – hinein in den Spiegelsaal unserer Albträume.

Sie ist gnadenlos, die Energie des Spiegelsaales; sie zerhackt dich in Einzelteile und betrachtet dich unter einer äußerst lieblosen Lupe. Du hast keine Chance, in deiner Mitte zu bleiben und dich gut zu fühlen, wenn du in diesem Raum bist, denn die Energien, die sich hier aufhalten, finden deine Schwachstelle, selbst wenn du gar keine hast. Es ist eher wie ein Trainingslager für den Kampf um Liebe, wie die Umkleidekabine des härtesten Ringes der Welt.

Auf die Frage »Will ich das?« schüttelt die *kleine wilde Frau* schon an der Eingangstür entsetzt den Kopf. In diesem Raum wird sie überaus wütend, falls sie ihn überhaupt betritt, denn hier fließt keine echte Lebenskraft Wahrscheinlich wird sie vor der Tür warten, bis du dich gezupft, gefärbt und entweder mit falscher Energie aufgepumpt hast oder dich, tief entmutigt, wieder unter die wahrhaft Lebenden wagst.

Heißt das, wir dürfen nie wieder zum Friseur (oder was immer du willst) gehen, um uns besser zu fühlen? Natürlich nicht! Ich habe heute so einen Tag, irgendetwas stimmt nicht; ich glaube, ich habe meinen Eisprung. (Wir sind ja unter uns, ihr Lieben, euch kann ich das sagen.) Ich bin müde, lustlos, ein bisschen traurig und ich soll heute Abend einen Vortrag über Tierkommunikation halten – ich liebe diese Arbeit, aber mir ist heute nicht danach. Wie kann ich dafür sorgen, dass es mir besser geht? Ich sehe irgendwie doof aus, fühle mich einfach nicht wohl, und seit ich aufgestanden bin, spüre ich, es würde mir sehr guttun, wenn heute eine fachkundige Hand meine Haare föhnt. Falle ich gerade auf das »Spieglein, Spieglein an der Wand« herein? Ich glaube nicht. Ich hätte gern, dass meine Energie ein wenig erhöht wird und kann es heute aus eigener Kraft nicht – aber ich fühle mich nicht unwert, hässlich oder nicht gut genug. Ich kann genauso gut so, wie ich bin, arbeiten gehen – selbst wenn ich meiner Meinung nach heute nicht so toll aussehe. Ich schäme mich nicht dafür, und glaube mir, ich kenne den Unterschied! Es fühlt sich einfach nur gut an, zu wissen: Ich lasse mich später ein bisschen aufpeppen. Ich hoffe, es stimmt, was ich sage. Ich möchte mit diesem Buch selbstverständlich kein Statement gegen Wellness und alles, was uns guttut, schreiben (natürlich nicht, ich bin AC Krebs, was würde ich ohne Sauna und Massagen machen?). Ich will dir mit diesem Kapitel sagen: Mache dich nicht abhängig davon, wie du aussiehst! Lasse dich nicht durch deine eigene

Scham lähmen, sondern gehe dem Leben entgegen und zeige dein Gesicht, deine wahre Natur. Maßnahmen zu ergreifen, damit du dich entspannter und energievoller fühlst, ist dagegen einfach wunderbar, oder?

Wenn du das inkonsequent findest, dann sieh es mir nach, vielleicht habe ich hier wirklich einen unbewussten Anteil. Aber du sollst ja sowieso nicht auf mich hören, sondern auf deine *kleine wilde Frau*! Meine freut sich auf meinen Friseur, nickt begeistert mit dem Kopf und deshalb ist es stimmig. Es stärkt heute auch ihren Ausdruck.

Ich habe jedoch noch eine verlässliche Kontrollmaßnahme: Wie leicht ist es, einen Termin zu bekommen? *Fließt* es einfach, dann ist es auch richtig; denn meine grundsätzliche Absicht ist es, in meiner Kraft zu bleiben und nur das zu tun, was mich stärkt. Das Leben weiß das und legt mir Steine in den Weg, wenn ich in Versuchung gerate und einen kraftlosen Weg einschlagen will. Müssen wir also groß hin- und her diskutieren, dann brauche ich etwas anderes und dann wird es mir auch einfallen.

Das meine ich alles exemplarisch, deshalb beschreibe ich dir den Prozess ausführlich. In Wahrheit erlebe ich das eben Beschriebene als Impuls: Ein Anruf und sofortiges Loslassen, wenn es sich auch nur ein bisschen kompliziert anfühlt. Das dauert zwei Minuten.

Die ungesunde Variante erkennst du an dem verzweifelten Gefühl. Du gehst zu besagtem Friseur, kaufst ein Kleid, Schuhe, ein neues Parfüm, ein Paar günstige Ohrringe – aber all das nutzt nicht wirklich etwas. *Deine kleine wilde Frau ist nicht mehr spürbar;* du bist hoffnungslos und würdest dich am liebsten im Bett verkriechen, bist tief verzweifelt und wirst aggressiv. Vor allem aber brauchst du die Augen eines Mannes, um in den Zauberspiegel der Königin zu schauen, der dir bestätigt, dass du die Schönste bist im ganzen Land – und du tust alles, um diesen Blick zu erhaschen.

Fühlst du dich durch diese Sichtweise angesprochen? Wenn du erst einmal hineingerutscht bist in die Selbstverurteilung, in das scheinbar objektive Beurteilen deines Aussehens, dann stehst du vor dem grausamen Spiegel der Schneekönigin (beziehungsweise des Teufels!). Du erinnerst dich an das Märchen?

Es war ein böser Kobold, es war einer der allerärgsten, es war der Teufel! Eines Tages war er recht bei guter Laune; denn er hatte einen Spiegel gemacht, der die Eigenschaft besaß, das alles Gute und Schöne, das sich darin spiegelte, fast zu Nichts zusammenschwand, aber alles, was nichts taugte und schlecht war, das trat hervor und wurde noch schlimmer. Die herrlichsten Landschaften sahen in dem Spiegel wie gekochter Spinat aus, und die besten Menschen wurden widerlich oder standen ohne Rumpf auf dem Kopfe. Die Gesichter wurden so verdreht, dass sie nicht zu erkennen waren, und hatte man eine Sommersprosse, so konnte man sicher sein, dass sie sich über Nase und Mund ausbreitete. Das sei äußerst belustigend, sagte der Teufel. Wenn nun ein Mensch einen guten, frommen Gedanken hatte, dann zeigte sich ein Grinsen im Spiegel, so dass der Teufel über seine kunstvolle Erfindung lachen musste. Alle, die zur Koboldschule gingen, denn er hielt Koboldschule, erzählten weit und breit, dass ein Wunder geschehen sei. Nun könne man erst erkennen, meinten sie, wie die Welt und die Menschen wirklich aussähen.

Sie liefen mit dem Spiegel umher, und zuletzt gab es kein Land oder keinen Menschen mehr, der nicht darin verdreht gesehen wurde.

Nun wollten sie auch zum Himmel hinauffliegen, um sich über die Engel und den lieben Gott lustig zu machen. Je höher sie mit dem

Spiegel flogen, umso mehr grinste er; sie konnten ihn kaum festhalten. Sie flogen höher und höher, Gott und den Engeln näher. Da erzitterte der Spiegel so fürchterlich in seinem Grinsen, dass er ihnen aus den Händen fiel und zur Erde stürzte, wo er in hundert Millionen, Billionen und noch mehr Stücke zersprang. Und gerade dadurch richtete er weit größeres Unglück an als zuvor; denn einige Stücke waren kaum so groß wie ein Sandkorn, und die flogen ringsumher in der weiten Welt, und wo jemand sie ins Auge bekam, da blieben sie sitzen. Da sahen dann die Menschen alles verkehrt oder hatten nur Augen für das Verkehrte bei einer Sache: Denn jede kleine Spiegelscherbe hatte dieselben Kräfte behalten, die der ganze Spiegel besessen hatte.

Einige Menschen bekamen sogar eine Spiegelscherbe ins Herz, und dann war es ganz entsetzlich: Das Herz wurde wie ein Klumpen Eis. Einige Spiegelscherben waren so groß, dass sie zu Fensterscheiben gebraucht wurden. Aber es war nicht gut, durch diese Scheiben seine Freunde zu betrachten.

Andere Stücke kamen in Brillen, und wenn die Leute diese Brillen aufsetzten dann ging es schlecht, recht zu sehen und gerecht zu sein. Der Böse lachte, dass ihm der Bauch wackelte, und das kitzelte ihn so angenehm. Aber draußen flogen noch mehr kleine Glasscherben in der Luft umher…

Ihr Lieben, wir tragen diese Splitter im Auge, ob uns das gefällt oder nicht! Wir haben keine Chance, können uns nicht als die strahlenden, wunderschönen, das Leben verkörpernden Wesen sehen, die wir sind. Jedes Mal, wenn du eine Werbung siehst, in der dir Schönheit versprochen wird (auch, wenn sie unter dem Deckmantel der Gesundheit verkauft wird), jedes Mal, wenn du dich vergleichst und einen Standard vorgehalten bekommst – wer auch immer den nun gerade erfunden hat – siehst du dich durch den Spiegel des Teufels.

Aber hier kommt die gute Nachricht: Es ist ein Energiefeld, das wir Stück für Stück verlassen können. Ich werde dir nicht erzählen, dass du selbstverständlich wunderschön bist, ein Ausdruck der Liebe Gottes, ein strahlender Engel, die Verkörperung der Göttin ... natürlich bist du das. Aber es nutzt dir nichts, wenn ich dir das sage, weil du mir sowieso entgegenhältst: »Ja, liebe Susanne, das stimmt alles, aber hast du meine Beine gesehen? Hat die Göttin tatsächlich solche Dellen?«

Die Bewertung unseres Aussehens ist leider systemimmanent in dieser 3-D-Geschichte, mit der wir uns herumschlagen. Sie ist ein Teil der Dualität, der Spaltung in gut-schlecht, schön-hässlich. Wir können innerhalb dieser dritten Dimension nicht anders, als uns zu bewerten und uns für gut oder schlecht zu befinden. Ich kann dir nicht beibringen, dich anders zu beurteilen, dich mit anderen, liebenden Augen zu sehen, nicht, solange du dich in diesem Spiegelsaal aufhältst. Denn selbst wenn du nun beginnst, dich zu mögen und dich schön zu finden, bist du in der Dimension der Wertung gefangen; du hast nur die Seiten gewechselt, damit bist du jedoch noch lange nicht frei.

Es gibt einen dramatischen Unterschied zwischen einem Versuch, dich durch äußere Methoden liebenswerter erscheinen zu lassen und dem echten Ausdruck deiner Weiblichkeit und Kraft. Mit einem Lippenstift kannst du dir ein Ausrufezeichen ins Gesicht malen; du kannst dich schön, sexy und begehrenswert schminken; eine Maske auflegen. Viele Frauen bezeichnen das Schminken sogar so.

Der gleiche Lippenstift kann, wenn du den Spiegelsaal verlassen hast, ein vollkommener Ausdruck deiner Energie sein, der dich nach außen ideal repräsentiert und sichtbar werden lässt. Der Unterschied ist: Du *brauchst* ihn nicht, um dich begehrenswert zu fühlen, sondern du *nutzt* ihn, um dich selbst auszudrükken, aus reinem Spaß. Du könntest ihn aber genauso gut weglassen.

Du malst dir im Spiegelsaal deine Schönheit ins Gesicht, übertünchst deine Unzulänglichkeiten, lenkst von dir ab. Draußen, am Feuer der *kleinen wilden Frau*, betonst du deine Freiheit und Schönheit, weil du Lust dazu hast, du zeigst dich, drückst dich aus.

Wenn du wissen willst, wie sehr du dich im Spiegelsaal der Eitelkeiten verfangen hast, dann frage für einen Tag bei allem, was du für dein Aussehen tust, ob die *kleine wilde Frau* damit einverstanden ist. Sie ist unbestechlich. Frage sie bitte vor allem, ob sie die Art, wie du über dich denkst und mit dir selbst redest, richtig findet!

Das beginnt bei der Wahl deiner Kleidung. Du darfst selbstverständlich wunderschön aussehen, sexy, dich in Farben kleiden, die deine Aura stärken, deine Kraft unterstützen. Du darfst alles anwenden, was deine Energie hebt und ausdrückt. Aber die *kleine wilde Frau* fühlt sich auch dann wohl, wenn sie einmal blass und unscheinbar daherkommt; wenn sie weder die Augenbrauen gezupft noch die Haare frisch getönt hat. Es ändert nichts an ihrem Gefühl für sich selbst, weil sie sich von innen wahrnimmt, nicht von außen.

Mir geht es heute, wie gesagt, nicht gut. Aber meine *kleine wilde Frau* hüpft fröhlich in mir herum. Es ist eher mein Körper, der ein bisschen schwer und dumpf ist. Nun ja, ich bin ein Mensch, das passiert. Bin ich aber im Spiegelsaal der Selbstverurteilung gefangen, dann spüre ich sie gar nicht, dann merke ich nur ganz am Rande, dass ich mich aus ihrem Kraftstrom entfernt habe.

Sie pflegt sich und sorgt gut für sich, weil sie ein Ausdruck des Lebens ist und weil sie es gern tut. Aber ihre einzigartige Kraft fließt unabhängig davon.

Du siehst auf der Rückseite dieses Buches mein Bild und du darfst mich getrost fragen, warum ich mir die Haare färbe, warum ich mich schminke und auf meine Klamotten achte, wenn die *kleine wilde Frau* das doch nicht braucht. Du darfst mir misstrauen und natürlich hast du recht.

Aber es würde mir auch nichts ausmachen, wenn du mich nicht zurechtgemacht und mit meiner natürlichen Haarfarbe sehen würdest; ich würde mich dabei nicht schlechter fühlen – jetzt nicht mehr. Woher ich das weiß? Als ich vor ein paar Jahren spürte, dass ich das Blond, welches ich jetzt trage, brauchte, um mich schöner, lichter und weicher zu fühlen, färbte ich meine Haare in ihre Ursprungsfarbe (ein dunkles Aschblond) zurück, um zu schauen, wie sich das anfühlt. Mit Erschrecken merkte ich, dass ich mich nicht mehr spürte, dass ich weniger angeschaut wurde und dass ich mich eher wie eine graue Maus fühlte. Und dann ist mir eins klar geworden. Wenn ich mit ungefärbten Haaren wie eine graue Maus wirke, dann ist das eben meine Wahrheit und meine Energie und ich muss damit leben! Ich erschleiche mir Aufmerksamkeit, wenn ich mich anders gebe, als ich mich fühle: Ich stehe mitten auf dem Schlachtfeld der Liebe. Und hier, das wissen wir, können wir über kurz oder lang nur verlieren. Deshalb nehme ich die Aufmerksamkeit, die ich vielleicht bekomme, wenn ich frisch erblondet bin, nicht mehr ernst, denn das *bin* nicht ich – ich drücke mich nur damit aus. Ich tue auch niemals so, als sei meine Haarfarbe echt; das wäre ein Schmücken mit fremden Federn.

Wir müssen lernen, die Reaktionen der Umwelt auf uns auszuhalten und die Liebe, die wir brauchen, daher zu beziehen, wo sie unerschütterlich und unaufhörlich für uns fließt. Solange wir im Spiel um Liebe, Anerkennung und Aufmerksamkeit gefangen sind, solange wir um die Lebenskraft der anderen ringen – nun ja, solange brauchen wir einen guten Friseur!

Hören wir auf damit, binden wir uns an die einzig wahre Quelle von Liebe und Lebendigkeit an: Dann dürfen wir einen aufsuchen, aber unser Leben hängt nicht davon ab.

Ich kenne diese unerträglich schmerzhafte Selbstabwertung, diese Verzweiflung, weil ich einfach unmöglich aussehe – sehr gut sogar. Es gab Zeiten, in denen ich nicht vor die Tür gegangen bin, weil ich mich weder mir noch meiner Umwelt zumuten wollte. Ich habe mich unter Säcken versteckt und fand mich einfach nur, entschuldige, zum Kotzen. Du erinnerst dich, ich war esssüchtig. Mein Höchstgewicht lag etwa bei achtzig Kilo; das geht noch, aber ich fühlte mich wie die widerlichste, ekelhafteste und hassenswerteste Kreatur unter der Sonne. Der Splitter des bösen Spiegels in meinem Auge hatte ganze Arbeit geleistet.

Als ich abstinent wurde vom zwanghaften Essen, nahm ich nicht gleich ab – und dennoch fühlte ich mich sehr viel besser. Die Scham und die Selbstverachtung, hatte wenig mit meinem tatsächlichen Aussehen zu tun, sondern mit der Art, wie ich mit mir und meinem Leben umging. Weil ich in der Sucht klebte und wusste, ich verhalte mich nicht kraftvoll und klar, sondern süchtig und abhängig, konnte der Spiegel des Teufels seine volle Wirkung entfalten. Ich lud ihn ja geradezu ein, mich fertig zu machen, indem ich in einem sehr niedrig schwingenden Energiefeld herumstapfte. Die *kleine wilde Frau* hätte mir damals gesagt: »Verhalte dich so, dass du dir ins Gesicht schauen und stolz auf dich sein kannst. Folge dem Strom der Kraft und deines eigenen besseren Wissens und suche dir Hilfe, wenn du das nicht allein kannst!« Hätte ich sie doch damals nur schon gekannt!

Meine lieben Freundinnen, es gibt eine Kraft in uns, der wir ins Gesicht schauen müssen, wenn wir der *kleinen wilden Frau* folgen möchten. Sie ist nicht nett und sie ist zutiefst verletzt. Wahrscheinlich wirst du die Idee, dass auch du diesen Anteil haben könntest, weit von dir weisen – und vielleicht stimmt es ja auch nicht. Erinnerst du dich an Schneewittchen? Ich habe im Buch »Die Heilung des inneren Kindes« über diese tief verletzte Kraft geschrieben, die in uns liegt und solange wie vergiftet schläft, bis der innere Prinz daherkommt und sie erlöst. In diesem Buch nun reden wir nicht über das unschuldige und anrührende Schneewittchen.

In diesem Buch begegnen wir der bösen Königin.

Über ein Jahr nahm sich der König eine andere Gemahlin. Es war eine schöne Frau, aber sie war stolz und hochmütig, und konnte nicht leiden, dass sie an Schönheit von jemand sollte übertroffen werden. Sie hatte einen wunderbaren Spiegel, wenn sie vor den trat und sich darin beschaute, sprach sie:
»Spieglein, Spieglein an der Wand,
wer ist die Schönste im ganzen Land?«
so antwortete der Spiegel:
»Frau Königin, Ihr seid die Schönste im Land.«
Da war sie zufrieden, denn sie wusste, dass der Spiegel die Wahrheit sagte.

Kennst du diese innere Königin, die es nicht aushalten kann, wenn eine andere Frau schöner ist als sie? Die sich vergleicht und davon abhängig ist, zu gewinnen? Die so sehr verletzt ist, dass sie sich einzig und allein über ihr Aussehen definiert?

Nein, wirklich gar nicht?

Also ich schon. Ich bin nicht stolz drauf, aber ich spüre ihre

Verletzungen ganz deutlich. Ich habe nie gewonnen, ich war nie die Schönste im ganzen Land, aber ich wäre es gerne gewesen, vorzugsweise in meiner Familie. Und warum? Damit ich im Blick meines Vaters dieses Leuchten hätte wahrnehmen können, mit dem er meine Schwester angeschaut hat, diesen Stolz, dieses Entzücken. Bitte nimm das nicht ganz ernst, ich übertreibe, um dir etwas zu zeigen – aber du verstehst. Unser Zauberspiegel sind die Augen unseres Vaters und wenn er uns nicht zeigt, dass wir für ihn die Schönste im ganzen Land sind, dann bricht die Welt zusammen.

Alles, was wir über unsere Schönheit und unseren Wert als Frau wissen, haben wir durch die Blicke und Reaktionen unseres Vaters gelernt. Entweder wir konnten uns im Licht seiner Aufmerksamkeit sonnen oder eben nicht. Die Vorstellungen unseres Vaters sind es also, die uns nahezu unwiderruflich unseren Wert als Frau zuweisen – aber, sage einmal – sind diese nicht ein bisschen dürftig als Urteilsgrundlage?

Wenn wir im Reich der verletzten Königin gefangen sind, dann brauchen wir die Augen der Männer als Spiegel. Gleichzeitig, und das ist das wirklich Verrückte, sind es die Augen der Männer, die uns überhaupt in diesen Zustand bringen. Hätte die Königin nicht diesen Zauberspiegel, käme sie vielleicht gar nicht auf die Idee, die Schönste sein zu wollen? Doch der Zauberspiegel ist da und er spricht unablässig mit uns. Wie gehen wir also mit dieser völlig subjektiven, willkürlichen Aufmerksamkeit und Bestätigung um, die uns manchmal wie ein Lichtstrahl trifft und dann wieder nicht? Wie können wir diese emotionale Nahrung in Form von Bestätigung, Aufmerksamkeit und Bewunderung annehmen und dabei dennoch unabhängig bleiben? Wir sehen in den Augen der Männer, ob wir ankommen oder nicht. Wie können wir frei bleiben, uns in uns selbst wohlfühlen, egal, ob wir gerade unsere Dosis Bestätigung bekommen haben oder nicht?

Was macht uns überhaupt so unsicher und deshalb so eitel, so auf unser Aussehen fixiert? Und was lässt uns so bitterböse werden, wenn eine Frau mehr Aufmerksamkeit bekommt als wir, womöglich noch von unserem Lieblings- und Referenzzauberspiegel? Denn es muss schon ein besonderer Mann sein; nicht jeder funktioniert gleich gut als Objekt der Bestätigung.

Dieses »Bitterböse« kann sich auch in Verzweiflung, Hoffnungslosigkeit oder Arroganz äußern. Weise es bitte nicht gleich von dir, sondern schau mal wenigstens für eine Sekunde hin!

Ich werde beispielsweise hochmütig, wenn mich ein Mann, der mich bitte beachten soll, nicht bemerkt. Und gleich darauf spüre ich diese Scham, nicht gut genug zu sein. Die *kleine wilde Frau* kommt herbeigeeilt und versucht, mich aus den Klauen der Selbstabwertung zu befreien; und nun spüre ich den Schmerz des inneren Kindes, das getröstet werden muss. Wegen eines nicht vorhandenen Blickes! Herzlichen Glückwunsch, da sind wir wieder beim Thema. Denn woher kenne ich das? Nein, ich sage es nicht, du weißt es und es wird langsam langweilig.

All die Werbung, die Zeitungen, die Schönheitsmagazine sind wie ein Prüfstein (bist du bereits gut genug, also so schön, aufregend oder dünn wie die Fee auf dem Plakat?) und eine scheinbare Hilfe (nimm diesen Lidschatten, jenes Parfüm und strenge dich einfach noch ein bisschen mehr an!), die uns die ersehnte Bestätigung des magischen Spiegels ermöglichen wollen. (Ist dir klar, womit all diese Leute ihr Geld verdienen? Vorwiegend mit deiner Angst, nicht geliebt zu werden!) Das Scheitern ist bereits vorprogrammiert, denn wenn wir uns alle um Anerkennung bemühen, bleiben einige von uns ganz selbstverständlich auf der Strecke. Es ist absurd: Wir schauen uns gemeinsam in hübscher Eintracht Frauenmagazine an, gehen zusammen Kleidung kaufen, die uns sexy und schön sein lässt – und abends schlagen wir uns um die kostbare Aufmerksamkeit einiger Männer, die ihrerseits wahrscheinlich eine von uns zu IHREM Zauberspiegel auserkoren haben.

Wir sind doch nicht ganz dicht, oder?

Ich kenne das natürlich aus eigenem Erleben, wie du sicher auch; wenn diese Kraft zum Glück nach all der Arbeit mit dem inneren Kind auch kaum noch spürbar ist. Zum Beispiel hole ich meine Freundin zum Tanzen ab, sage ihr, wie schön sie ist (das ist sie wirklich), helfe ihr dabei, ihren Look zu perfektionieren (nicht, dass es nötig wäre) – und ziehe mich beschämt zurück, wenn sie die Blicke erntet. (Schon allein dieses Wort »ernten« ist albern! Was haben wir denn gesät – das Geld für diesen speziellen Eyeliner?)

Ich fühle mich erst dann wieder besser, wenn ich *auch* angeschaut werde. Das ist doch wirklich absurd, oder? Die *kleine wilde Frau* würde einfach tanzen gehen und über all das kichern. Sie würde nicht auf Blicke und Zauberspiegel achten, sondern nach würdigen Gesprächspartnern, Männern und Frauen Ausschau halten, mit denen sie lachen, geistreiche Gespräche führen und tanzen könnte.

Mit netten Männern zu flirten ist wie ein Glas Champagner zu trinken: anregend. Es macht Spaß, du genießt das Licht der Aufmerksamkeit, lässt die innere Frau in all ihrer Schönheit sprühen – und wer weiß, vielleicht entwickelt sich ja sogar etwas daraus. Wundervoll, zuweilen gibt es einfach keine bessere Art, den Abend zu verbringen. Aber wie ein Alkoholiker das este und damit jedes weitere Glas stehen lassen muss, so müssen auch wir unterscheiden, ob wir das Spiel mit Aufmerksamkeit *genießen* – oder ob wir es dringend *brauchen*, um uns selbst zu spüren.

Du hörst in diesem Kapitel eine Menge über Spiegel, nicht wahr? Noch einmal zum Verständnis: Wir tragen den Splitter des Schneeköniginnen-Zauberspiegels im Auge, nehmen uns selbst völlig verzerrt wahr, erkennen unseren lebendigen und schon allein deshalb wunderschönen Ausdruck nicht an. Wir bekommen einen zweiten Spiegel, den Zauberspiegel der bösen Königin, in dem das Bild scheinbar wieder geradegerückt werden soll. Und zwar sind das die Augen unseres Vaters und stellvertretend für sie die Augen aller Männer, die uns etwas bedeuten oder die uns jene spezielle Aufmerksamkeit geben können, die wir als Mädchen gebraucht hätten. Entfernen wir den Splitter in unserem Auge, brauchen wir auch den zweiten, den Schneewittchen-Spiegel nicht mehr, der uns unsere Schönheit bestätigen, unser verzerrtes Bild wieder gerade rücken soll.

Woher aber kommt der Splitter in unserem Auge?

Ihr Lieben, das ist das Geschenk eurer Mutter und all der Frauen, die vor ihr waren. Wir sehen uns selbst von innen so, wie unsere Mütter sich selbst wahrgenommen haben; von außen nehmen wir uns wahr, wie unser Vater uns gesehen hat. Das ist eine vereinfachte Erklärung, ich weiß, aber lassen wir es einmal so stehen, damit wir eine gemeinsame Basis haben.

Wie also werden wir diesen verdammten Splitter los, und wie können wir damit vielleicht gar unserer Mutter und allen Frauen vor ihr dienen? Wird es nicht Zeit, dass wir diese Energie kollektiv erlösen, dass wir uns endlich als das erkennen, was wir sind: Strahlender Ausdruck der weiblichen göttlichen Energie? Und wenn wir noch einen Schritt weitergehen: Ein perfektes Zusammenspiel der männlichen und weiblichen Energie, die sich zwar in unserer Erscheinung weiblich ausdrückt, in uns aber ein ideales Zusammenspiel aus Hingabe und Aktivität, aus Yin und Yang ergibt?

Was also sollen wir tun? Zunächst, ihr Lieben, entfernen wir diesen unsagbar schmerzhaften Splitter aus unserem Auge.

Ich biete dir dazu eine Meditation an, die du ein wenig anders aus »Königin im eigenen Reich« kennst. Nutze sie, wenn sie dir zusagt, aber diesmal mit einem anderen Schwerpunkt.

Meditation: Der Spiegelsaal

Stelle dir bitte vor, es gäbe einen energetischen Raum, der aussieht wie ein wunderschöner großer Spiegelpalast. Er ist zauberhaft, glitzernd und funkelnd und macht den Einruck eines faszinierenden Ortes, schimmert vielleicht verführerisch und geheimnisvoll. Es gibt unzählige Kronleuchter, glänzende Marmorfußböden, goldene Verzierungen überall – und viele, viele Zauberspiegel. Wenn du in diese Spiegel schaust, dann siehst du dich völlig verzerrt. Du erkennst nicht mehr, wie schön du bist und wie liebenswert. Du siehst dich nicht mehr mit den Augen der Liebe, sondern des Schmerzes. Du siehst nur noch das, was dir an dir nicht gefällt. Überall in diesem Palast schwirren Spiegelstückchen herum, kleine Kristalle, die die gleiche Kraft besitzen wie der Spiegel selbst. Kleine Splitter, die sich in die Augen und Herzen derjenigen setzen, die sich hier zu lange aufhalten.

Du schaust dich um – und entdeckst überall Frauen und Mädchen, die sich verzweifelt im Spiegel betrachten und nicht fassen können, wie verdreht und merkwürdig sie aussehen. Während du sie beobachtest, kannst du ganz genau erkennen, wie sehr die Spiegel ihre Sicht verzerren. Es ist, als bekämst du auf einmal, wie durch ein Wunder, die Möglichkeit, all die Frauen in ihrer vollen Strahlkraft, in ihrer ganzen Schönheit zu sehen.

Nun sieh dir diesen Palast bitte noch genauer an und schaue, ob du dich selbst irgendwo entdeckst – oder deine Mutter.

Vielleicht steht auch ihr wie gebannt vor dem riesigen Zauberspiegel und kommt nicht von dem entstellten Bild los, das er euch zeigt. Gleichzeitig siehst du dich mit den Augen der göttlichen Kraft. Du erblickst dich selbst, wie du vor dem Spiegel stehst und erkennst, wie sehr der Spiegel auch dein Bild verzerrt. Vielleicht nimmst du gar deine Mutter in all ihrer Strahlkraft wahr und bist völlig überrascht!

Vielleicht erkennst du außerdem dein inneres Kind, eventuell sind es auch mehrere oder auch gar keines. Aber du selbst bist plötzlich wie gebannt – schau einfach in aller Ruhe, was passiert und erlaube dir, die Gefühle zu spüren, die in dir aufsteigen.

Und nun bitte um ein Wunder.

Bitte darum, dass die Große Göttin den Zauber der Spiegel für einen Moment lang aufhebt, so lange, wie ihr das möglich ist. Bitte darum, dass sich all die Frauen für einen Augenblick lang so sehen können, wie Gott sie gemeint hat, wie Gott sie sieht: Als das lichtvolle, wunderschöne Wesen, die sie sind und verkörpern.

Bitte darum, dass der Zauber aufgehoben wird, damit jede Frau auf diesem Planeten die Möglichkeit bekommt, sich selbst jetzt, genau jetzt, in aller Lebendigkeit wahrzunehmen.

Sowie das geschieht, können all die kleinen wilden Frauen, die vor der Tür warten, in den Saal eintreten und ihre jeweiligen Frauen und Mädchen abholen, ihnen die Kraft geben, den Spiegelsaal zu verlassen. Es ist ein Angebot, eine Möglichkeit, frei zu werden. Lasse dich bitte von deiner kleinen wilden Frau aus diesem Saal hinausführen, vielleicht begleitet dich deine Mutter, vielleicht auch nicht, es ist ihre Entscheidung. Nimm unter allen Umständen dein eigenes inneres Kind mit und sei es auch noch so gebannt.

Du kannst nur um einen Moment der Klarheit für alle Frauen bitten und auch das nur, wenn sie bereit sind, sich selbst anders wahrzunehmen. Möglicherweise wachen einige wie aus einer Trance auf, schütteln sich und schauen sich erstaunt um, andere beginnen zu lachen oder erschrecken gar – mache ihnen das Angebot, mehr kannst du nicht tun.

Bitte nun die Göttin darum, dir den Splitter aus dem Auge und aus dem Herzen zu nehmen, falls du noch einen trägst. Entscheide dich, dich selbst von nun an mit den Augen der Liebe wahrzunehmen, dich selbst und alle anderen. Verlasse den Spiegelsaal, du hast hier nichts mehr zu suchen.

Es mag sein, das Dach des Spiegelsaales hebt sich und all die Spiegel wirbeln hinaus, schmelzen in der Sonne oder verwandeln sich in Lichtfunken.

Was immer geschieht, gehe hinaus ins Leben, bade dich in einer Quelle, gehe durch den Schleier der Illusionen hindurch, verlasse dieses Energiefeld auf die Weise, die jetzt für dich stimmig ist.

Die kleine wilde Frau nimmt dich in den Arm und du spürst ihre einzigartige Kraft, siehst dich selbst mit ihren gesunden, ungetrübten Augen. Wie fühlt es sich an? Was siehst du? Was ist anders? Wie ist es, dich nicht mehr in den Augen deines Vaters, sondern in den Augen der kleinen wilden Frau zu erkennen?

Dann komme langsam mit deiner Aufmerksamkeit zurück in deinen Körper, bleibe aber gleichzeitig angebunden an diese kraftvollen, weiblichen Energien.

Wenn auch nur eine von uns darum bittet, den Zauber aufzuheben, bekommen wir alle die Gelegenheit, aus unserer verzerrten Selbstwahrnehmung auszusteigen. Wenn du diese Meditation durchführst, tust du das auch für mich, wie ich es eben für dich getan habe. Gehen wir gemeinsam den Weg der *kleine wilden Frau*!

Irgendwann brauchen wir die bewundernden Blicke der Männer nicht mehr als Lebenselixier, sondern können sie endlich als das nehmen, was sie sind: Eine wundervolle Bereicherung, Ausdruck des Lebens und der Liebe, ein Zeichen von Hochachtung der Schöpfung vor sich selbst. Aber die Anerkennung, Liebe und Bestätigung der Männer dient dir nicht länger als Hauptnahrungsquelle für Lebensenergie! Damit entlassen wir sie aus der Rolle der Versorger und werden endlich frei, uns selbst und unsere Männer wahrhaft zu lieben und voller Dankbarkeit und Freude die Geschenke des Lebens anzunehmen.

Der Irrgarten des Lebens

Jeder Bereich deines Lebens wird sehr viel gesünder und klarer, wenn du die *kleine wilde Frau* einbeziehst – sei es deine Sexualität, deine Freundschaften, deine Ernährung, die Art, wie du deinen Körper trainierst, dein Beruf, der Umgang mit deinen Kindern – es gibt keinen Lebensraum, in dem die Frage »Will ich das?« nicht hilfreich und angemessen ist. Selbst wenn du noch nicht genau weißt, wie du deine Umstände ändern kannst, ist der erste Schritt in deine Selbstbestimmung getan, wenn du bereit bist, deine Wahrheit zumindest zu *spüren*. Das setzt ungeahnte innere Kräfte frei; du gibst dir selbst die Erlaubnis, zu lernen, »Ja« und »Nein« zu sagen. Sicherlich wird sich dein Leben dadurch verändern, und bestimmt wirst du zu Beginn mit Angst und Unsicherheit konfrontiert werden. Die Gegenspielerin der *wilden Frau* in uns ist die allzu brave, angepasste Frau, das kleine Mädchen, das nicht »Will ich das?«, sondern »Darf ich das überhaupt?« fragt.

Ja, meine Liebe, du darfst! Das ist *dein* Leben, es ist *dein* Seelenstrahl. Diese Inkarnation ist *deine* heilige Aufgabe, es sind *deine* Erfahrungen und du bist erwachsen. *Du* bist diejenige, die in deinen Schuhen läuft. Somit darfst du auch entscheiden, wohin du gehst, mit wem und in welchem Tempo.

Manchmal wirst du dich sicherlich wundern, wie spontan und frei diese *kleine wilde Frau* antwortet, und oftmals wird die Antwort anders ausfallen, als du glaubst. Sie kennt dich besser, als dir bewusst ist und sie ist in der Lage, alle Anteile mit einzubeziehen. Sie weiß, was das innere Kind braucht, sie kennt deinen Seelenplan und liest deine Energie. Ob du dich an ihre Antworten hältst oder nicht, steht dir frei, aber wenn du wissen willst, wer du wirklich bist, dann erlaube ihr, dir deine innere Landschaft zu zeigen – du wirst überrascht und sehr erfreut sein, wie lebendig und vielfältig sie ist.

So wünsche ich dir eine wundervolle, aufregende Reise ins Land der *wilden Frau*. Möge sie dich glücklicher, gesünder und erfüllter werden lassen und dir die Freiheit schenken, das Leben in all seiner Kraft, Liebe und Wildheit auszukosten – das Leben freut sich auf dich!

Das wäre doch ein wundervolles Schlusswort, nicht wahr? Ich wollte das Buch hier beenden. Aber es ist noch nicht fertig, denn da gibt es noch etwas ...

Was tun wir, wenn wir spüren: Es gibt neue Impulse, es gibt Sehnsüchte, die sich klar und deutlich anfühlen, was tun wir, wenn wir das Gefühl haben, in einer Warteschleife zu hängen, weil das Leben nicht nachliefert? Wir fühlen uns als Opfer, obwohl wir wissen, dass wir Schöpfer sind, können unsere gesunden, wegweisenden Sehnsüchte nicht in Schach halten, wollen das auch gar nicht, aber die Erfüllung ist weit und breit noch nicht in Sicht?

Du willst einen Tanzkurs machen, hast aber keinen Partner? Du möchtest Seminare geben, weißt aber nicht, wann und wie? Du spürst, dein nächster Schritt ist es, dich selbst in einer Beziehung zu erfahren, aber ein passender Mann (oder eine Frau) ist nicht in Sicht? Deine Wohnung entspricht dir längst nicht mehr, aber trotz aller Aufmerksamkeit und Offenheit findest du keine andere? Du hast einfach zu wenig Geld, um das zu verwirklichen, was in dir nach Entfaltung drängt? Du wünschst dir sehnlich ein Kind, spürst sogar schon die Energie seiner Seele, wirst aber nicht schwanger und weinst jeden Monat, weil du wieder Tampons kaufen musst? Die äußeren Umstände lähmen dich, blockieren dich, auch wenn du noch so sehr weißt, dass du sie selbst erschaffst und alles daransetzt, um sie zu ändern?

Manchmal stimmt das eben nicht, meine liebe Freundin. Es gibt deinen Strahl und es gibt den Strahl der Zeitqualität.

Die Tugenden, die du brauchst, sind Geduld und Vertrauen – und ich höre dein Aufstöhnen bis hierher.

Erinnerst du dich an folgendes Gebet?

Gott gebe mir die Gelassenheit, die Dinge hinzunehmen,
die ich nicht ändern kann,
den Mut, die Dinge zu ändern, die ich ändern kann
und die Weisheit, das eine vom anderen zu unterscheiden.

Mut haben wir; wir sind Expertinnen darin geworden, unser Leben auszumisten, zu verändern und zu gestalten. Das ist unsere männliche Kraft, die Yang-Seite unseres Daseins, die aktive, nach außen gerichtete Energie. Wie gut, dass wir sie entwickelt haben.

Aber was ist mit der Gelassenheit, die Dinge anzunehmen, die wir nicht ändern können? Was ist mit unserer Yin-Energie? Wir können nicht beeinflussen, wann das Leben uns Gelegenheiten an Land spült, wann es liefert, wann und wie sich deine Träume verwirklichen.

Warum sind wir nicht gelassen? Weil wir nicht vertrauen, dass alles zu seiner Zeit kommt. Wir vertrauen nicht darauf, dass das Leben auf unserer Seite ist, dass alles, was sich richtig und dringlich anfühlt, auch geschieht. Wir sind so enttäuscht, so hoffnungslos, so voller Angst, verletzt zu werden, dass wir unter keinen Umständen in aller Ruhe und Gelassenheit abwarten können, bis sich die Dinge entfalten.

Und natürlich haben wir recht damit. Viel zu oft haben sich die Dinge eben nicht so gestaltet, wie wir es gerne gehabt hätten. Wie können wir darauf vertrauen, dass sich diesmal unsere sehnlichsten Wünsche erfüllen?

Und als wäre es nicht schon schlimm genug, dass wir enttäuscht sind, müssen wir uns dann noch von schlauen spirituellen Lehrern anhören, dass wir eben nicht genügend positiv gedacht haben und dass unsere Energieausrichtung anscheinend nicht klar genug ist.

Es ist eben nicht *alles* machbar, meine Liebe. Wir sind eingebunden in einen großen Kreislauf und es sind unsere Seelen, welche die Entscheidungen treffen, nicht unser menschlicher Wille. Du kannst sicher sein, dass das Leben auf deine Absichten und deine seelischen Kräfte reagiert, dass deine Herzenswünsche Spiegel und Ausdruck dieser Energien sind. Du kannst sie aber nicht auf die Erde zerren, lass dir das bitte nicht einreden. Und wenn deine Energie noch so klar und frei ist, wenn die Zeit nicht reif ist, ist sie nicht reif.

Stell dir das bitte so vor:

Du sitzt gemütlich an deinem Kaffeetisch, trinkst einen Tee und entscheidest, eine Reise zu unternehmen. Zum Beispiel spürst du, dass du unbedingt in eine Wellness-Oase fahren willst, in einen Vergnügungspark oder an einen anderen ganz besonderen Ort, von dem du nur weißt, wie er sich anfühlt, aber nicht, wie er aussieht. Du weißt, hier warten äußerst wichtige und bereichernde Erfahrungen auf dich und du spürst diesen brennenden Impuls.

Was du nicht weißt: Diesen Ort gibt es noch gar nicht! Er entsteht, während du den Impuls bekommst, hinzufahren. Wir könnten nun lange Exkurse darüber halten, ob er deshalb entsteht, ob es zeitgleich geschieht oder ob du den Impuls bekommst, weil er entsteht. Ich weiß es nicht, wahrscheinlich alles zusammen. Gewöhnlich liebe ich diese Art von Fragen, aber im Moment dienen sie nicht dem, was ich dir zeigen will. Trinken wir also unseren Tee weiter, ja? Dein Reiseziel ist ein bestimmtes Gefühl, welches du dir von diesem Ort erhoffst, weil du weißt, es ist wichtig und gehört zu deinem Leben. (Mein Reiseziel war zum Beispiel, einen Verlag zu finden, der meine Bücher annimmt.)

Du triffst eine Entscheidung und räumst die Zeit ein, die Koffer zu packen, zu entscheiden, was du mitnimmst und was nicht; du suchst jemanden, der sich um dein Haus und deine Tiere kümmert, während du unterwegs bist und sagst deinem Chef, dass du für unbestimmte Zeit nicht mehr zur Verfügung stehst. Dann machst du dich auf die Suche nach einer Landkarte – und merkst, du findest keine. Du weißt also nicht, in welche Richtung du fahren sollst und schon gar nicht, wie weit der Weg ist!

Verstehst du, das Ziel entsteht ja gerade erst. Es kann noch gar nicht verzeichnet sein, weil es noch nicht existiert. Aber das weißt du natürlich nicht; du glaubst, es wäre bereits erforscht und du bräuchtest dich nur ein bisschen anzustrengen, dann würdest du auch diese Karte finden.

Bei mir sah das so aus: Ich wälzte Bücher darüber, wie man den perfekten Verlag findet, schickte meine Manuskripte (damals schrieb ich Romane) an alle möglichen Verlage, wanderte mit dicken Papierstapeln durch die Buchmesse – fuhr also in alle möglichen Richtungen, immer in der Hoffnung, den richtigen Verlag zu finden. Oft hörte ich, Erfolg beim Veröffentlichen von Büchern sei vor allem eine Frage des Portos – du verschickst dein Manuskript also unzählige Male – und so verhielt ich mich auch. Das mag sicher auch zutreffen, für mich allerdings nicht. Zeitgleich segnete ich bereits meinen Verleger, öffnete mich dafür, dass alles auch ganz anders sein durfte und belegte Kurse für kreatives Schreiben, um mich zu verbessern und meine Energie immer klarer auszurichten.

Ich suchte also nach dieser Karte, war wirklich verzweifelt darüber, dass ich sie nicht fand – aber etwas in mir begann sich zugleich einfach so auf den Weg zu machen. Ich folgte meinen Impulsen und meinem Herzen und ließ mich nicht von meiner Enttäuschung und meinen Selbstzweifeln beirren. Die *kleine wilde Frau* ließ nicht locker, und jede Absage wanderte in einen schön verzierten Aktenordner. Auf den Deckel hatte ich »Ich schaffe es« geschrieben. Warum? Nicht, weil ich größenwahnsinnig war. Ich spürte einfach, es gehört zu meinem Leben, da gibt es gar keine Frage, also wird das Leben auch entsprechende Gelegenheiten bereitstellen.

Wenn du diesen Impuls bekommst, dann mache dich auf. Du findest die Karte nicht, es gibt keine. Aber du hast ein Navigationsgerät: Dein Herz und deine innere Führung. Du weißt nicht, wie lang der Weg ist und du weißt nicht, was er von dir fordert. Vielleicht musst du ein paar Anhalter mitnehmen, zu Fuß weitergehen, ein Stück schwimmen und dein Gepäck zurücklassen. Vielleicht holt dich ein Engel ab und trägt dich im Schlaf zu deinem Ziel. Alles kann passieren. Auf dem Weg wirst du vielleicht verzweifeln, dich fragen, ob eigentlich irgendwer in diesem Universum weiß, was er tut. Du wirst das Gefühl haben, völlig in die Irre zu laufen und irgendwann zweifelst du daran, ob es dein

Ziel überhaupt gibt, ob du dir nicht etwas einbildest, ob es überhaupt für dich bestimmt ist. Da stehen wir im Moment, nicht wahr?

Nach sieben Romanen und vielen Absagen begann ich mich zu schämen. Ich glaubte nicht mehr daran, dass sich irgendein Verlag für meine schlauen Erkenntnisse interessierte. Besonders aber erwartete ich nicht mehr, dass mein Leben, mein Seelenplan vorsah, dass ich als Schriftstellerin arbeitete – sonst würden sich die Türen ja öffnen, oder? Ich konnte es nicht verstehen, aber wenn das Leben keine Gelegenheiten bietet, dann soll es wohl nicht sein, dachte ich.

Wir wissen, das Leben führt uns, wenn wir die Augen nur offen halten und unserem Herzen folgen, es bietet uns die Trittsteine für den nächsten Schritt, auch wenn wir den Weg noch nicht im Ganzen sehen können. Wir leben vorwärts und verstehen rückwärts, sagt Sören Kierkegaard, der dänische Philosoph. Manchmal, in Stunden der Gnade, erfassen wir einen Hauch des Verstehens auch in die Zukunft hinein, wir erkennen, wozu eine Erfahrung dient und wissen, dass wir geläutert und bereichert aus einer Situation hervortreten werden. Meistens aber fahren wir wie im dicken Nebel und fühlen unseren Weg eher, als dass wir ihn wirklich erkennen. Und oft genug geben wir auf, wenn das Leben zu lange nicht liefert, wenn der nächste Trittstein nicht sichtbar ist, wenn wir das Gefühl haben, Gott hat andere Pläne, auch wenn wir nicht verstehen, warum.

Ich hatte unterdessen Markus Schirner, der einen kleinen Verlag gegründet hatte, eher nebenbei in seiner Buchhandlung gefragt, was ich denn schreiben solle, damit er etwas von mir veröffentlicht. Romane verlegten sie damals noch nicht, weil der Markt für spirituelle Romane noch nicht groß genug war. (Als ich zu schreiben begann, gab es diesen Verlag noch gar nicht! Du erinnerst dich an das Planen deiner Reise? Auch das Ziel muss erst entstehen!)

»Spirituelle Selbsthilfebücher«, sagte er. Na, das half mir nicht weiter. Ich begann zwar, ein Buch über die Zwölf Schritte der Anonymen Alkoholiker zu schreiben, weil ich sie bei meiner eigenen Erkrankung als sehr hilfreich empfunden hatte. Aber unterschätze bitte nicht, wie entmutigt ich war – außerdem dachte ich, ich bräuchte fünf Doktortitel, um Sachbücher anbieten zu dürfen. Selbsthilfebücher, dass ich nicht lache. Ich bekam ja mein eigenes Leben kaum auf die Reihe. Und irgendwann hörte ich auf zu hoffen. Ich schämte mich zu sehr, versagt zu haben. Die »Zwölf Schritte« lagen unvollendet in meiner Schublade.

Ich schrieb ein, zwei Jahre nicht mehr, wozu auch. Zehn Jahre des Hoffens und Manuskriptversendens waren genug. Irgendwann tat es zu weh, mich mit meinem Traum zu beschäftigen; das Leben wollte es offenbar anders.

Diesen Zustand kennst du sicher. Du bist voller Hoffnung aufgebrochen, bist mutig und unbeirrt deinem Herzen gefolgt, doch irgendwann fühlst du dich, als wärst du hoffnungslos in die Irre gefahren. Dein Ziel existiert einfach nicht, zumindest ist es nicht in deinem Lebensplan vorgesehen. Die Stimme des inneren Navigationssystems weist dir nicht mehr freundlich, aber bestimmt den Weg, sondern bricht schluchzend zusammen und schämt sich, weil sie ihn selbst nicht kennt.

Das ist die dunkelste Stunde der Nacht, die Zeit kurz vor Sonnenaufgang und wir kommen nicht um sie herum. All die Bücher, die dir zu sagen versuchen, dass du nur deine Gedanken auszurichten brauchst, dann läuft alles glatt, führen dich in die Irre, wenn du nicht weißt, dass auch dieser Zustand dazu gehört und nahezu unvermeidlich ist. Denn hier lernen wir die größte Tugend, das, was uns trägt, wenn alles andere wegfällt: Mitgefühl mit uns selbst. Nicht Selbstmitleid. Sondern Mitgefühl.

Hast du dich selbst früher verlassen, wenn du traurig, mutlos, enttäuscht warst, dich verschlossen, Härte gezeigt, so nimmst du dich jetzt selbst in den Arm. Du bleibst bei dir, während du im dichten Nebel und in dunkelster Nacht in diesem Moor herumirrst. Du sprichst dir keinen Mut zu, das kannst du nicht, denn du weißt nicht, ob du dein Ziel erreichen wirst. Du weißt es tatsächlich nicht. Es kann sein, dass du bald ankommst, aber vielleicht hat das Leben andere Pläne, wir haben es oft genug erlebt.

Die *kleine wilde Frau* nimmt dich in den Arm, hält dich und bleibt bei dir. Sie erzählt dir keine Märchen und flüstert dir keine Durchhalteparolen ins Ohr, das dient hier nicht. Sie ist einfach da. Manchmal ist das Leben nicht zu ertragen, es scheint dich auszuspucken, deine Gaben, deine Wünsche, Hoffnungen und Träume zu verschmähen. Es scheint, sage ich, aber dieses »scheinen« kann sehr überzeugend wirken. Wenn du mutlos und ohne weiterzuwissen in irgendeiner Landschaft sitzt, alles losgelassen und aufgegeben hast, weil du dich voll und ganz deinem Herzen verpflichten wolltest – und dennoch den Weg nicht zu finden scheinst, dann wisse: Du bist nicht mehr allein. Die *kleine wilde Frau* ist bei dir. Sie kennt die Rhythmen des Lebens und sie weiß, dass die Sonne bald wieder aufgeht – sie wird es dir aber nicht sagen, sondern dich nur halten.

Es gibt einen Teil in dir – zumindest nehme ich das an – der nicht mehr zugänglich ist, weil er zu oft enttäuscht wurde. Einen Teil, der aufgegeben hat und nicht mehr glaubt, dass ihm wahrhaft Gutes widerfahren könnte. Wir werden ihn nicht vom Gegenteil überzeugen, das können wir nicht. Wir wissen es ja selbst nicht! Es kann einfach sein, dass sich dein größter Herzenswunsch nicht erfüllt – es ist unwahrscheinlich, aber nicht ausgeschlossen. Dieser Teil braucht die echte, gelebte Erfahrung, um wieder lebendig zu werden. Aber er ist nicht mehr allein. Die *kleine wilde Frau* sitzt bei ihm, legt ihm die Decke über die Schultern, summt ein beruhigendes Lied und nickt weise mit dem Kopf, denn auch das kennt sie. Auch das gehört zum Leben, auch das darf sein, wie es ist. Sie besitzt die Gelassenheit, die Dinge hinzunehmen, die sie nicht ändern kann und sie hat die Kraft, den Teil zu trösten, der das nicht vermag.

Irgendwann schenkte mir eine Freundin das Buch »Der Weg des Künstlers« von Julia Cameron zum Geburtstag, ich glaube, es war 2002. Ich las es, arbeitete es durch und entschied irgendwann, diese »Zwölf Schritte « doch zu Ende zu schreiben, einfach, um dem Leben noch eine Chance zu geben. Das Manuskript gab ich Heidi Schirner, als ich in der Buchhandlung war, eher nebenbei, ich glaubte nicht daran, dass es veröffentlicht werden würde. Ich wollte mir nur nicht vorwerfen, mich selbst, meine innere Künstlerin, verraten zu haben. Ich hatte so viele Absagen bekommen, es kam nicht mehr darauf an. Einen Versuch wollte ich noch unternehmen. 2003, ich hatte wieder Geburtstag und ging in die Buchhandlung, sagte Heidi Schirner ganz beiläufig: »Ach ja, dein Manuskript ist gut, wir nehmen es.« Ich hatte gar nicht mehr nachgefragt, so wenig rechnete ich damit. Und damit fing es an. Seitdem schreibe ich ein Buch nach dem anderen, so, wie ich es gespürt habe, als der Wunsch zu Schreiben in mir aufkam.

Irgendwann fließt die Energie, auf die du so sehnlich hoffst, in dein Leben, einfach so. Aber auf dem Weg dahin hast du alles gelernt, was du lernen solltest. Es ist, als seien Herzenswünsche die Wegweiser, die uns zu uns selbst führen. Auf der Reise zum Ziel begegnet uns alles, was wir lernen und erfahren sollen. Die Erfüllung ist dann das allerletzte Puzzlestück – aber nicht das ganze Bild.

So nimm dich selbst mit all deinen unerfüllten Träumen in den Arm, sage ganz leise »Ja« zu dir und gehe weiter. Während du der Erfüllung entgegengehst, findest du dich selbst. Du sammelst auf dem Weg deine Knochen ein, mit denen du deinen Weg nach Hause markiert hast. So wie Hänsel und Gretel schimmernde Kieselsteine streuten, um nach Hause zu finden, so hast auch du dir Anhaltspunkte geschaffen.

Wozu dient das aber, was soll das Herumirren überhaupt?

Erst, wenn wir uns selbst verirrt, wenn wir eine (lange) Nacht im dunklen Wald verbracht haben und den Weg nach Hause suchen, erlangen wir Bewusstheit über uns selbst. Wir verlassen unsere spirituelle Heimat, das spirituelle Herdfeuer, machen uns auf, in die große Welt hineinzugehen. Wir streuen uns Kieselsteine, Anteile unseres Selbst, um den Weg nach Hause zu finden, aber auch, um uns dieser Anteile bewusst zu werden. Wir spüren sie erst dann, wenn sie uns fehlen. Unsere Herzenswünsche weisen uns den Weg, sind wie das innere Leuchtfeuer, das uns immer wieder Mut und Kraft gibt. Während wir dem Licht zustreben, sammeln wir die Kieselsteine auf, unsere inneren Anteile, erfahren, wer wir sind. Um Bewusstsein über das Bild zu erlangen, welches wir abgeben, wenn wir vollständig sind, brauchen wir sehr viel Mitgefühl mit uns selbst, damit wir auch in den ganz dunklen Stunden weitergehen können.

Ich kann dir nicht versprechen, dass sich alle deine Herzenswünsche erfüllen. Ich kann dir aber versprechen, dass du dich selbst kennenlernst, dir selbst nahekommst, dass du all das, was du so sehr suchst, in dir findest, wenn du dich auf den Weg machst. Das Außen kann dann gar nicht anders, als nachzuziehen; aber das Wichtigste bist du, sind deine Knochen, deine Einzelteile. All das, was du im Außen suchst, ist immer auch ein Aspekt deines Inneren und den gilt es zunächst zu finden. Das ist nicht sehr tröstlich, ich weiß, du willst einfach nur dein Ziel erreichen. Aber, liebste Freundin, ich habe mir das nicht ausgedacht! Es ist, wie es ist, und genau deshalb brauchen wir so viel Mitgefühl mit uns selbst.

Die *kleine wilde Frau* weiß das und ist immer für dich da. Spüre ihre tröstliche, mütterliche, unerschütterliche Wärme, lasse dich halten und erlaube dir, einmal mutlos zu sein, dich nicht künstlich aufrecht zu halten. Füttere dich nicht mit Durchhalteparolen, sondern spüre deine Gefühle wirklich.

Wer weiß, vielleicht ist dieses Mitgefühl mit dir selbst genau jene Qualität, die du noch erfahren wolltest, bevor sich dein Wunsch erfüllt? Denn wenn du in der Lage bist, dich selbst mitfühlend zu halten, egal, was das Leben dir zumutet, kann dir nichts mehr passieren. Du wirst nie mehr verloren sein, denn du bist ja nun da.

Habe ich durch die Geschichte weiter oben gelernt, dass sich alles, was ich mir erhoffe, auch erfüllt? Natürlich nicht! Es gibt andere Bereiche in meinem Leben, da ist der Weg sehr steinig und schmerzlich und ich fühle mich immer wieder als völlige Versagerin, sammle meine Knochen in einem äußerst unwegsamen Gelände ein und weiß nicht, ob ich je zu Hause ankomme – was immer das bedeutet. Das ist jedoch Gewissheit: Ich werde nicht aufhören, bis ich vollständig bin, bis ich alles gefunden habe, das zu mir gehört. Meine *kleine wilde Frau* ist bei mir. Sie sammelt eifrig und macht mir Mut, sie zeigt mir die Schönheiten des Weges und gibt mir das Gefühl, bereits jetzt vollständig zu sein, im Vollbesitz aller Kräfte, die ich für diesen Moment brauche. Vielleicht kommen wir irgendwo an, vielleicht auch nicht.

Es mag sein, dass der Weg das Ziel ist, oder gibt es auch einen Ruhepunkt? Ich werde es am Ende des Weges wissen, aber eben erst dann. Ich lerne, die Reise zu genießen, nicht mehr durch die Landschaft zu stürmen und nach den Zielen Ausschau zu halten, sondern mit der *wilden Frau* zu lachen, ihre Gelassenheit zu erleben und mich genau da, wo ich gerade bin, angekommen und richtig zu fühlen.

Das stimmt natürlich nicht ganz. Manchmal, wenn es einmal wieder ganz dunkel ist, will ich einfach nach Hause ans Feuer und frage mich, was ich mir selbst bloß für einen Weg geschöpft habe. Dann kommt die *kleine wilde Frau*, zündet das Lagerfeuer an, legt mir eine Decke um die Schultern und bringt mir eine zerbeulte Blechtasse mit heißem Kaffee. Sie zeigt mir die Sterne, ich lehne mich an sie, schließe die Augen, spüre das Feuer und die Tasse in meinen Händen und alles ist wieder gut.